청어詩人選 137

수렴동 별곡

김인영 시집

청어

수렴동 별곡

김인영 지음

발행처 · 도서출판 **청어**
발행인 · 이영철
영 업 · 이동호
홍 보 · 최윤영
기 획 · 천성래 | 이용희
편 집 · 방세화 | 김명희
디자인 · 김바라 | 서경아
제작부장 · 공병한
인 쇄 · 두리터

등 록 · 1999년 5월 3일
(제321-3210000251001999000063호.)

1판 1쇄 인쇄 · 2015년 12월 5일
1판 1쇄 발행 · 2015년 12월 15일

주소 · 서울특별시 서초구 효령로55길 45-8
대표전화 · 02-586-0477
팩시밀리 · 02-586-0478

홈페이지 · www.chungeobook.com
E-mail · ppi20@hanmail.net
ISBN · 979-11-5860-364-9 (03810)

이 도서의 국립중앙도서관 출판시도서목록(CIP)은 서지정보유통지원시스템 홈페이지
(http://seoji.nl.go.kr)와 국가자료공동목록시스템(http://www.nl.go.kr/kolisnet)
에서 이용하실 수 있습니다.(CIP제어번호: CIP2015026392)

수렴동 별곡

인사의 말씀

나는 이렇게 삽니다
- 귀거래사歸去來辭

회색빛 도회지에 반백년 각고풍상
찌들은 쪼막가슴을 차마 못버리고
빛바랜 잠바속에 소중히 감싸안고
시원섭섭 서울떠나 束草로 왔지요

미시령길 울산바위 길마중 반기고
손흔들며 끼룩웃는 하얀 갈매기들
뒤로는 백악설산 앞에는 동해바다
배산임수의 명당일터 내 잘왔도다

이제 뜨끈한 온천물에 몸풀어놓고
청간청풍에 얼룩진 마음을 씻으리
심심골 산채나물 약수는 보약일터
늙그막에 즐거움 더두어 무엇할까

산닭아 듬직하고 바다처럼 넓직한
둥굴둥굴 후덕한 감자바위 이웃들
처음에는 낯설어 머뭇거리던 마음
이제 정들어 딴곳으로 안갈랍니다

그후로 봄하고 여름거쳐 가을되고
눈덮힌 설악산보기를 어언 열두해
미운정 고운정 내고향과 진배없어
生居明堂 속초에서 살다 가렵니다

푸른바다 설악산을 발치끝에 두고
녹초청강 요산요수 두루 즐기면서
눈비바람 산하보며 詩지어 부르고
사계절 오고가는 세월과 살렵니다

나는 이제 이렇게 삽니다

동해바다에 솟는 아침해를 보면서
배산임수 텃밭일궈 옹기종기 사는
두묏골 이웃들과 오며가며 지내니
고향이 별건가요 정들면 고향이죠

딱히 할일없고 시간많은 늙은이라
허허 바다를 보며 이 생각 저 생각
공수래공수거 인생 이만하면 됐지
보통인생이 백점받을 수가 있는가

바람에 실려오는 봄맞으러도 가고

벌거숭이 땡볕여름 훔쳐보러 가고
가을볕살 하얀해변 거닐러도 가고
미역내음 상큼한 겨울바다도 보고

너울너울 춤추는 갈매기의 흰날개
모래밭에 사르르 스며드는 흰거품
수평선 물끝자락 뭉게뭉게 흰구름
새섬에 하얗케 부서지는 너울파도

싱싱 활어횟깜 주막마다 그득한데
늙은 입이라고 어찌 푸대접하나요
향긋한 꽃멍게며 쌉쌀한 해삼한첨
쏘주의 쓴맛을 달디달게 해주지요

어디 술안주에 생선회만 있던가요
단골횟집 아줌마의 푸짐한 손맛에
파도소리 권주가삼고 마시는 술맛
산해진미 수라상도 정말 안부럽죠

나는 또 이렇게 삽니다

설악산이 부르면 열일제치고 가죠
하늘닿은 대청봉도 한해 너댓번씩

만학천봉 청간벽계 쉬엄쉬엄 걸어
철따라 다녀오니 건강도 좋아졌죠

춘삼월 새봄엔 산꽃내음 가득하죠
여름엔 옥류골 청솔바람 시원하죠
가을엔 오색빛 단풍산이 별천지죠
겨울엔 백악설산에 눈구경도 가죠

참새녀석이 방앗간 그냥 지날까요
백담벽수 계곡에 친구와 자리하고
산정기 향짙은 심심골 더덕안주에
사발탁주 한잔하는 청빈낙도 선비

월야선봉 설악은 더놀다 가라더니
술취한 늙은이 처음부터 걱정인가
뒷산그림자 굽은 등밀며 내려오죠
이렇게 설악산을 벗삼고 지냅니다

대청봉 천불동 비선대 오련폭포도
울산바위 권금성 백담사 신흥사도
철마다 새옷입고 놀러오라 부르니
내 어찌 싫다좋다 손사례하오리까

바다와 산사이에 샘솟는 온천물에
고해바다 인생길 숨가쁘게 살아온
어즈버 칠순세월을 따뜻히 달래며
밤하늘에 별보며 맘편히 살렵니다

나는 이렇게 살렵니다

세상살이 힘들었던 황혼길 늙은이
서쪽하늘 노을이 아름다운 것처럼
바다보며 산보며 건강하게 살라며
하늘이 노을빛 황혼상을 주었지요

헛되고 헛된 세상욕심을 내려놓고
넓푸른 바다처럼 맘열고 살렵니다
저 설악산처럼 듬직하니 살렵니다
청간에 벽계수처럼 맑게 살렵니다

어드레요 여기와 사실래요

차 례

[바다풍월風月]

수렴동 별곡

산중풍월
山中風月

설악아리랑

(1)

천궁화실 아해녀석
남포연 용각벼루에 좀먹갈고
화선지를 정히 펼쳐놓는다

고관대작 신선들은
의관차려 화실에 모여들고나
하늘에 뭔일이 생겼더냐

이윽코 주악울리며
열두선녀 앞세운 옥황상제님
근엄 점잖케 납시구나

좌중을 빙둘러 보고는
창밖에 아랫세상을 보시더니
알겠다는 듯 끄덕이시네

이내 곤룡포 소매걷고
빛고을에 명품 진다리붓들어
산수화를 그리시는데

먼저 화폭 오른편에
太山만한 백악바위를 앉히고
이봉 저산을 그려나간다

붓놀리는 저 솜씨보소
서운청룡이 여의주 희롱하듯
사뿐사뿐 평사낙안이로다

마침내 화룡정점하 듯
제일높은 봉우리는 어디둘까
의견묻고 좌편에 찍으니

붓끝에 먹물다한 듯
어렴풋이 뿌옇다

어쨌거나 일품의 산수화로다

그제사 붓놓으시며
한참 아랫세상을 내려보더니
한 신선불러 이르는데

바람에 볏단묶어 세운
바닷가마을 束草가 쓸쓸하니
저 곳에 산을 두어라

신선은 오늘로 세상내려가
그림대로 山을 앉히고
춘하추동 사계절을 다스리라

그리고 단기 4340년쯤엔
[명석]이라는 낙향 늙은이가
山을 자주 오를께다

어지러운 세상벗어나
산천경개 즐기며 술좋아하는
한량 노인선비로다

약주한잔 공손히 권하며
세상얘기 자세히 들어보아라
내 말을 명심하렸다

(2)

신선 대감은 그날로
조심스레 산수화를 챙겨들고
세상내려와 살피더니

명당터가 바로 예로다
열두폭 산수화를 쫘악펼치니
이것이 뭔 천지조화더냐

천지사방이 진동하며
그림처럼 천하명산이 솟구나
원, 세상에 이런 일이

구석구석 둘러보고는
산이름을 골똘히 생각하는데
과연 하늘신선이로고

그림 여백은 흰눈같고
이곳 저곳 진하고 엷은 것은
바위와 산과 골짝같으니

눈설雪자 큰 뫼악嶽자
풍수갖춘 설악산으로 정하자
천만년을 불리우리라

신선이 하늘상제께
이름지은 내력을 조심아뢰니
과연 네가 잘했도다

선녀를 보낼터이니
적적산중 외로움을 달래거라
신선이 금새 화색이다

이제 명하노니
만학천봉의 이름을 정하여서
오가는 산객을 보살피라

그림을 찬찬히 살피면
처음에 붓간 곳은
설악의 대표바위 울산바위고

화룡정점 대청봉은
희뿌옇케 가물가물 보이도다
오묘한 그림솜씨로다

하늘님의 그림보소
외설악만 그린줄로 알았는데
내설악은 언제 그렸던고

높고 험한 준령마다
이봉저산 흘러내린 계곡들이

별유천지비인간 선경이고

내설악 첩첩산중에
한계령은 극락정토가는 길목
굽이굽이 아리랑길일쎄

배낭꾸려 둘러메고
쉬엄쉬엄 설악을 넘어볼까요
자, 그럼 나서봅시다

(3)

하늘닿은 대청봉에서
사방팔방 이어내린 능선들은
오밀조밀 금강산에 비할까

동편에 화채능선있고
대승령까지 뻗은 서북능선은
설악의 제일 큰 줄기요

우측으로 중청 소청있고
봉정암 사리탑거쳐 내려가면
거대한 바위산 용아장성릉

소청동편 비알길내려

무너미서 마등령으로 이어진
공룡의 등을 타노라면

장엄수려 솟구친
나한 1,275봉 범봉 신선대는
구름도 머무는 비경

마등령에서 비선대길엔
백악설산 세존봉 장군봉있고
공룡과 대청이 빗껴보이죠

마등령 좌편골엔
네개의 하얀바위 관음봉아래
전설의 오세암이 있고

만경대서 보는
가얏골과 용아장성릉 비경을
어찌 필설로 말하리오

첩첩산을 겨우 나오면
영시암에 그윽한 염불소리가
산나그네를 반기고

수렴동따라 내려오면
"님의 침묵" 흐르는 백담사요
거슬러 오르면 구곡담

구곡담길올라 가노라면
까맣케 솟은 봉들이
취화선의 산수화가 따로없죠

내설악 큰 계곡으로
백담수렴 구곡담이 으뜸이고
가야 선녀골도 유구무언

내·외설악 계곡마다
50여 개의 크고 작은 폭포가
오가는 산객을 붙잡는데

그중 장수대골에 있는
전설의 대승폭포가 일품으로
우리나라 삼대폭포중 하나

바위위에 망폭대에는
양사언의 九天銀河 붓글씨가
숱한 세월에도 선명하죠

끝청아래 쌍폭골내린 쌍폭은
수절아낙 옷고름일까
하얗케 길고 단정하고요

육담 비룡 토왕성폭포와
천불골 양·음폭 천당 오련은

외설악에 폭포지요

설악폭 독주폭은
오색에서 대청오르는 계곡에
천년숲에 시원한 쉼터이고

토왕폭오르는 비룡골은
마애불골 천불동닮은 골로서
이 또한 가히 절경

동해바다쪽 외설악엔
마애불골 천불동은 물론이고
토왕 내원 핏골도 일품

공룡능선 동편 아랫골엔
청간벽계 이십리길 천불동이
유구무언의 별천지

신흥사 부속암자로
내원골에 안양암 내원암있고
울산바위아래 계조암있죠

원효 의상 각지 봉정
줄지어 큰스님나온 계조암엔
감자닮은 흔들바위있고

권금성 올라서면
노적봉 울산바위 동해바다가
한눈에 들어오지요

아, 수려장엄하여라
첩첩산중에 무엇을 더두리까
백악청송에 물어보니

전설의 오세암과
적멸보궁 봉정암 목탁소리만
깊은 골에 가득하네

산너머 외설악에
자애로운 미소의 통일대불은
즉심즉불이라 이르네

        (4)

열두화폭 그림속에
야생동물 기화요초 천여종을
언제 그렸을까

일출장관 낙조빛든 山에
솔내음 바람은 어찌그렸을까
먹물이 조화부렸더냐

선녀목욕하는 옥녀탕에
산골총각놈 나무는 언제할까
하늘님도 짖궂으시네

솔거의 "소나무" 그림이
비록 참새날아든다 할찌라도
오천만평 설악산만 할까

전지전능 무소불위의
하늘상제님에 창조의 섭리를
과연 뉘라서 헤아릴까

얼씨구 좋타 우리나라
하느님이 보호하는 금수강산
천년만년 무궁하여라

열두폭 설악산을 보며.

註 : 조물주가 이 세상을 만들 때에 생각대로 아무렇게나 만든 것이
    아닐테고, 설계도면을 보면서 순서대로 차곡차곡 만들었겠지
    요. 그래서 그림 그리는 풍경부터 시작했죠. 본래 설악의 뜻은
    바위가 희다고 해서 白岳雪山이라 하지요.

수렴동 별곡

가을들녘 넉넉하고
설악단풍 철들었네
보약세첩 먹기보다
가을등산 좋다하니
배낭꾸려 어서가자

산중하늘 맑은날에
울산바위 비껴보며
미시령길 넘어오니
백담계곡 골안개가
하늘하늘 날반기네

청간계곡 굽이돌아
만해스님 님의침묵
백담사를 둘러보고
천년유곡 물길따라
단풍숲을 들어서니

수렴동골 청솔바람
산들산들 시원하고
쫑긋납쑥 다람쥐는
내가는길 앞장서네
내설악에 잘왔도다

천년숲을　벗어나니
깊고깊은　옥류담골
가야계곡　수렴계곡
억겁년을　흘러흘러
백담벽수　되었고나

조선시대　선비찾던
깊은골짝　영시암에
돌틈약수　한바가지
오장육부　씻어낸듯
마음까지　시원해라

갈랫길에　산나그네
오세암을　갈까말까
망서리며　살피다간
구곡담골　들어서니
여울소리　청아낭랑

옥빛같이　맑은물엔
빨간단풍　동동뜨고
산천어떼　한가롭네
풍진세상　인간보다
네가바로　신선이다

단풍비친　물빛보곤
고개들어　앞산보니

만산홍엽　불타도다
별유천지　여기로다
필설로는　택도없네

청명가을　하늘아래
이봉저봉　이골저골
단풍절경　점입가경
단애적벽　기암괴석
첩첩산산　천봉만산

융단같은　단풍밟고
오고가는　산객마다
여기저기　감탄비명
듣던대로　비경이오
보노라니　일품일세

비룡승천　잠룡등천
와룡폭포　쌍용폭포
여인네가　앞섶풀듯
교태떨고　손짓하며
늙은발길　붙들고나

구곡담골　설악거인
용아장성　옆에두고
미련떨며　찾았구나
풍우성상　긴긴세월

내설악에 수문장수

천불동에 미륵바위
수렴동에 장수바위
구곡담골 용아장성
내원골의 울산바위
어느누가 왕초할래

봉정암자 오르목길
들던대로 깔딱고개
가파르기 절벽일세
까마귀떼 까악대며
청봉골에 울어댄다

허위단심 천근다리
내여기는 왜왔던고
봉정암에 당도하여
편히쉬며 허풍떠는
산객들이 부러워라

적멸보궁 봉정암자
오층석탑 사리탑에
큰아들놈 장가가고
건강장수 사업번창
간절소원 빌고가소

오늘내려 가거들랑
설악등정 거울삼아
성공인생 가꾸시고
오르기는 힘들어도
하늘아래 뫼더라고

비알산길 소청지나
대청봉을 올라서니
내가오른 수렴계곡
외설악에 천불골도
발아래에 누워있네

가물가물 희운각길
쉬엄쉬엄 내려서니
쌍갈랫길 무너미재
왼편길은 공룡능선
내림길은 천불동골

얼기설기 돌바윗길
조심조심 한참만에
바위물골 무명폭포
천당폭포 양폭음폭
하얀소리 오련폭포

병풍바위 쓰다듬고
철난간을 내려서니

창백몰골 귀면암이
내가는길 막아서네
요상한것 물렀거라

두팔저어 내려가니
부처님의 지혜담당
문수보살 목욕수행
맑고맑은 문수담이
지친발길 유혹하네

해질무렵 다섯시에
비선대에 산중주막
탁주사발 들이키니
일어서는 두다리가
거뜬하니 가볍고나

혼자나선 설악산길
이만하면 백점이다
수렴동골 백담벽수
천불동에 적벽바위
내년에도 다시보자

하 하 하…

        백담에서 천불동으로 넘다…

울산바위·1

미시령길 서성이며
오가는 산객을
찡긋 눈웃음으로 유혹하는
하얀 분단장이 요염한
설뫼골의 창기
올라타 품고 싶어라

하늘에서 떨어졌나
땅에서 솟았더냐
풍우성상 정釘으로 다듬어
맑은 동해물에 씻겼나
기골도 장대한
백악설산에 울산바위

하늘닿은 대청봉이
구름과 노닐고
만학천봉을 굽어 다스려도
전설의 천년바위
너 있음에
설봉산 설악이어라

동해바다 언덕에
설악의 거암봉
한계산 열두골보듬어 안은
천하대장군
산객마다 널 칭송하니
설악에 자랑이어라

　　　　　　　울산바위에 올라...

울산바위·2

산이더냐 바위더냐
미시령에 울산바위
동해바다 지켜보며
억겁만년 설악지기
바위중에 바위로다

외설악골 서북쪽에
사방절벽 병풍바위
하늘에서 떨어졌나
땅속에서 솟았더냐
기암거봉 바위돌산

동해일출 아침햇살
바윗덩이 붉더니만
백악설봉 되었구나
장엄수려 하얀바위
전설품은 천년바위

금수강산 백두대간
태백준령 설악산에
뿌리박고 자라면서
풍우성상 양간지풍
세월이긴 모양보소

해발높이 　팔백칠십
바위높이 　이백이요
둘레만도 　십리라네
하늘향해 　두손모은
바위봉은 　여섯개라

장수다운 　위용풍채
설악넘던 　흰구름도
바위봉에 　쉬어가고
북풍한설 　눈바람도
머물다가 　넘어가네

이름넉자 　사연보소
금강산서 　툇자맞고
경남울산 　고향가다
설악산에 　눌러앉아
울산바위 　이라더냐

천둥번개 　칠때마다
깊은용혈 　운다해서
천후지산 　울산이냐
산둘러친 　울타리라
울산바위 　이라더냐

설악구경 　울산현감
울산바위 　사연알고

신흥사서 셋돈받다
동자승의 지략으로
설악산에 주었다네

울산바위 전설속에
束草지명 정해졌죠
셋돈없다 끌고가라
태운재로 새끼꼬아
묶어주면 가져간다

티격태격 옥신각신

긴풀베어 새끼꼬고
바위묶어 불태우니
울산현감 말대로다
묶을束자 풀草자가
오늘날에 속초래요

이름마다 품은사연
전설따라 삼천리네
보소보소 사람들아
남말하기 쉽다하여
이말저말 하지마오

지은죄가 많고많아
땅밑천년 벌받다가

금수강산　만들때에
하늘님의　부름받고
겨우겨우　솟았다네

풍진세상　남탓마소
죄짓는일　하지마오
세상큰죄　따로있고
작은죄라　따로없네
지은업보　千年가네

두팔휘휘　내져으며
백담사도　다녀오고
대청봉도　오르련만
굽이굽이　미시령길
말도없이　내려본다

하늘아래　설악산아
울산바위　제있음에
경향각지　남녀노소
겸사겸사　오고가네
안그런가　설악친구

울산바위에 올라...

등선대登仙臺의 바람소리

하늘짝이 조그마한
오색 주전골
약수 한모금에
늙은이가 신선되었더냐
물소리 바람소리 푸르러라
신선아 물렀거라
골안개로 산둘러치고
니들끼리만 놀기냐

주전골 이 저골짝에
물소리 넉넉하고
솟구친 적벽엔 청송푸르니
더 둘것이 무엇인고
무릉이 예라면
몽유도원은 어데인가
별천지 선계를
취화선이 그린 듯하여라

선녀탕 금강문지나
용소폭 다가서니
용못된 이무기의 원망인가
온 골이 요란스럽고나
하얀 십이폭은
아낙의 섶고름이 듯
단정하게 내리니
산객마다 칭송하여라

오색 주전골에
점봉산 십이담골 흘러드니
천년골 양단수로세
벽수일지언정
일도창해하면 후회로다
아홉골 백담머물며
오가는 산객에
옛 전설 들려주거라

등선대 올라서니
바람불어 운무일고나
죄많은 늙은이
하늘데려 가려느냐
아서라 말아라
그냥저냥 오가며 예살련다
저 아래 등선폭에
목욕선녀나 데려가렴

손끝에 대청봉이요
한계령은 제있네
여심폭 수줍고
눈아래 칠형제봉 만물상은
열두폭 병풍이로다
하늘가던 흰구름
등선대 비경에 취했더냐
하늘 길잃고 맴돌구나

바람찬 등선대에서...

청산별곡

천년세월에 깎이우고
비바람에 다듬어진 적벽은
여울에 물러서며
하늘받친 기둥되었고나

청송가지에 산새도
청간벽계 휘감아돈 전설을
아는 듯 노래하니
맑은 여울도 화답일쎄

천봉만산 옥류골은
억겁세월이 빚어낸 별천지
필설로 어림없고
침침노안 더욱 유감일쎄

산중하늘 흰구름도
청풍골 백발노인 벗하려나
산넘는 바람불러
내려올까 하늘맴도나

무위 청산이거늘
새소리 바람소리 물소리엔
허튼 세상없어
나 청산에 살으리라

천불동 비선대에서...

춘산별곡·1

산자락 양지마을
골목담 길따라
샛노란 꽃내음 산수유꽃
봄볕아래 만개로다
손잡아 볼까 다가서니
지나던 봄바람
살레살레 질투로다

어제는 청춘이더니
오늘은 백발일세
어즈버 산전수전 인생길
노마지지老馬之智라고
말하지들 않더냐
행여 욕들을까
등굽은 노송행세라네

꽃내가득 봄날에
어찌 그냥갈까
꽃가지 날아든 나비처럼
이꽃 저꽃 향내맡으며
바람한번 피울란다
어와 좋은 봄이
산골촌에 가득하네

춘산별곡·2

첩첩산산 만학천봉
노란봄볕 가득하니
아지랭이 아롱다롱
이골저골 스물스물

산골바람 산들산들
바위틈새 기화요초
파릇상큼 내숭떨며
봄볕살에 교태로다

물살오른 가지마다
오밀조밀 뾰죽뾰죽
새록새록 새순나니
이산저골 봄천질세

숲날아든 산새한쌍
꽃핀나무 가지새로
쪼륵찌륵 쪽쪽소리
봄빛산에 정겨웁다

겨울잠깬 산다람쥐
하품하며 쫑긋쫑긋
보픈꼬리 납쭉납쑥

몸놀림도 앙증맞고

어제그제 봄비내려
벽골마다 옥류로다
산영어린 백담벽수
꽃잎싣고 흘러가네

산정수리 흰구름도
노인풍월 들리는가
바위봉에 걸터앉아
뭉게뭉게 춤추고나

산중주막 큰아해야
술도없이 뮌재미냐
산채나물 갓무치고
술동이채 내오너라

어디한번 봄설악과
대작하여 놀아보자
얼씨구나 봄이로다
춘풍양반 내술받소

　　　　설악 벽계골에서...

청대산의 봄

소얏골에 나고자라
방실 여무는 열여섯살소녀
보픈 젓몽우리 수줍어
두근 붉더냐
봄빛든 하늘아래
울긋 단장하고
푸릇 새봄을 알리네

봉긋솟은 가슴에
하마 연정의 꽃망울
설악골 바람에
발그레 향기로다
흰두루마기 풀다려서 입은
건너 울산총각보며
괜스레 붉어진 두볼

바람차던 동산에
봄볕 화창하니
뻐꾸기 울음소리도 맑아라
멀리 대청에
뭉게구름 손짓하고
바다는 일렁 춤추네
아, 바야흐로 봄이로다

　　　　　　青坐山에 봄빛...

춘풍산객

아직 아닌듯 싶어
마누라 잔소리 흘려듣다
겨우 천불골드니
하마 여울소리도 봄이로고
한해만큼 눈어두워
온 봄도 놓칠 뻔했네

눈녹은 여울가에
팔벼게누워
솟구친 단애적벽 올려보니
흰구름앉아 쉬고있네
꽃핀 가지에
산새울음은 어델까

뽀얗케 졸음겨운
살진 바람에
온산 겨울벗고 파릇웃는데
희끗쭈글 춘풍산객
꺼칠 수염쓸며
홀로이 술잔기울이네

하늘춤추던 꽃잎
하강선녀이 듯

여울내려 도리동실 떠가니
내 늙었으나
"誰能春獨愁 에
　對此徑須飮"이로다

　　　　　설악 청계벽골에서...

註 : 誰能春獨愁(수능춘독수)··· 누가 이 봄날에 수심에만 잠기랴.
　　對此徑須飮(대차경수음)··· 이 풍경 마주하여 술이나 마시자꾸나.
　　　　　　　　　　　　　　이백의 "月下獨酌" 중에서

산중풍월

여봐라 이리오너라
게 아무도 없느냐
먼길 찾아온 춘풍과객이
하룻밤 신세질까 하니
죈장께 엿쭈어라

마중나온 주인장에
통성명 나누며
예찾아온 사연을 이르니
누추 객방이오나
어서 드시죠 반기네

경향각지 두루 떠도는
한량선비외다
비록 행색은 남루하오나
거렁뱅인 아니오
이 신세 고맙소이다

이곳 비선대에
하늘 옥황상제를 모시는
천상 선녀들이
내려온단 소문듣고
내 서둘러 왔소이다

하늘위에나 땅이나
선녀도 여자일터
들은대로 하늘에 아뢰고
본대로 전할터인 즉
마침 기회가 아니겠소

이 참에 옥황상제께
땅소식도 전하고

하늘 잘 잘못을 이르리라
어떻소이까
주인장 이내 맞장구다

글귀나 읽은 선비
목소리 우렁차고
언변에 모자름이 없을터
풍채며 안광이 빛나니
선녀쯤은 다루렸다

선녀마주하고
이것저것 말하자면
목도 컬컬하실 터이오니
바로 술상차려
아해 앞장세우리다

선비 詩한수 읊으며
산길오르는데
기암 절벽에 청송푸르고
백담벽수 맑고 맑다
과연 별천지로다

아해가리켜 보니
솟구친 암봉
제가 하늘가는 길이렸다
익히 듣던바로다

옷매무새를 고친다

뒷짐에 헛기침하며
허연 비선봉을 올려보니
때마침 하늘에서
선녀들 편편 내려온다
가히 장관이로다

아해일러 술상펴고
詩한수 읊으니
선녀귀세워 듣네
天若 不愛酒 酒星不在天
天地 旣愛酒 愛酒不愧天

꽃보며 한잔하련만
쓸쓸 독작이네
뉘가 나와 대작하려느냐
하늘 술시중은 어떤가
술한잔 따르시게

한 선녀 다소곳이
술상머리에 다가 앉으며
남실찰랑 술따른다
선비께옵서 이 봄날에
어인 행차시오이까

소저도 방금 왔소이다
상제님 분부받잡고
땅세상 알고자
여기저기 들르려던 참에
먼저 선비를 뵙네요

마침 그러하더냐
풍진세상 가난 선비이나
하늘이 언짢소
대체 어쩌자는 것인지
뒤죽박죽이외다

장물애비 도둑놈이
복권당첨되지
황사는 때없이 날려오지
삼강오륜은 웃음꺼리
늙은이는 천덕꾸리

선비님 이른 말씀
상제님께 내 아뢰오리니
상념치 마소서
저 하늘도 들쑥날쑥
어수선하답니다

하늘위에 일이야
알바 아니외다

다음번엔 賢君을 보내고
스스로 돕는
하늘이기를 바라오

이 밖에 일들은
하늘알아서 잘 할일이요
귀담아 들었을 터
빠짐없이 전하시기요
진정 알았소이까

전할 말많으나
이만하리다
청간벽계 한량 선비
세상사정 하늘에 전했네
선녀 이 술한잔 받소

설악골 비선대에서...

註 : 天若 不愛酒 酒星不在天 : 하늘이 만일 술을 즐기지 않았다면
                          어찌 하늘에 술별이 있으며
     天地 旣愛酒 愛酒不愧天 : 땅이 또한 술을 즐기지 않으면 어찌
                          술샘이 있으리요
                             이태백의 "월하독작"

백호를 만나다

달마봉 산잔등에
살기가 돈다
오호라 저놈이 백호렸다
등줄무늬도 선명하다

먹이깜을 봤더냐
납짝 엎드려
뒷발은 번개처럼 땅차고
튀어나갈 태세렸다

아하 그러고 보니
앞산 달마봉에
읍내간 주인을 기다리는
강아지를 본게로구나

옛끼놈 고얀지고
개만도 못한 산짐승이
달마대사 보는 앞산에서
감히 살생하려느냐

혼줄 나기전에
쌍천 계곡물이나 마셔라
살생말라 했거늘
너 살자고 남죽이냐

비룡폭 가는 길에서...

註 : 미시령 구빗길 내려오다 보이는 허연머리 달마봉이 쌍천 건너
    비룡폭 가는 길에서 보면 마치 줄무늬도 선명한 백호로 보인답
    니다. 하기사 생각나름이고 보기나름이죠.

천년주목

희운각서 소청가는 비알
운무휘감아 햇볕드문 곳
눈비바람 구름짓궂은 데

하늘향해 두팔벌린 朱木
뭔죄있어 살아 천년빌고
죽어 천년을 눈못감는고

어쩌다 이곳에 뿌리내려
천년고초 피멍든 속살로
풍우성상 어찌 견뎠을까

각고풍상 메마른 설움이
비알길 겨우겨우 힘겨운
등굽은 나닮아 애처럽다

풍진 사바세상 속물인간
잘나도 백년을 못사는데
한낱 산중나무가 기특타

그래도 천년세월을 살며
만학 운해천봉 굽어보는
네모습 장하고 용하여라

　　　　　대청봉을 오르며...

백악청송

바람찬 적벽봉에
긴긴세월을 틀어쥔 생명
청송을 본다
천형의 모진 몸뗑이
아, 서럽다 울었을까

달빛에 목축이며
바위뚫던 인고
새벽 산사의 범종소리에
천년한을 벗네
아, 잔인한 하늘이여

천불골 빗방울은
피멍든 벽송의 눈물일까
잔솔가지에 울던 산새
포륵 날아가니
아, 적막강산이로다

천불동에 비오시네...

산중일기·1

안개비 가을산길에
가파르게 숨찬 발자국마다
땀방울고여
풍진에 얼룩진 얼굴
가여웁게 비치니
무상한 세월에
어느 뉘를 탓할까

풍진에 찌든 가슴
흉볼까 여미고
눈귀어두운 무상세월에
덧없이 늙은 恨을
산바람에 훌훌털어 보내니
발아래 먼 바다가
가을햇살에 반짝이네

설악의 가을산길에서...

산중일기·2

청명지제 가을이로다
토왕폭 물내린 비룡골드니
하늘솟구친 침봉들이
어두운 눈에도
한폭의 산수화로다

육담폭 구비구비
넉넉한 물소리
풍진세파에 얼룩진 산객의
야윈 가슴을
시원하게 씻겨주고

청간벽수 천년골에
맑은 가을볕은
초록잎새에 반짝이고
물소리 바람소리 새소리는
늙은 귀에 노래로다

깃머리 붉은 산새
파릇 앞서날며
찌륵쫑긋 따라오라 이르네
가을하늘 높듯이
오름 산길도 가파르네

돌아나온 산길에
늙은 입이라 푸대접할까나
호젓한 산중주막들어
전내음 안주하며
동동주로 목축이네

　　　　　설악산중에 들어...

산사의 아침

안갯골 새벽깨우고
청아한 산새울음 날아가니
산사는 적요한데
부연마루 녹슨 풍경만이
산나그네를 반기네

네가 난줄 알더냐
마침 심심터냐
이끼낀 돌담장 전설을
저 겨울엔 댕그랑이라더니
이 봄엔 동그랭이냐

절깐천년 풍월터니
도통 풍경일세
귀어둡고 눈어두운 늙은이
댕그랑이나 동그랭이나
바람소리로 보이구먼

풍진세월의 목마름
돌틈약수 한모금 달게하니
주름진 욕심
안개따라 갔더냐
세심천 여울소리 맑아라

            안개새벽 신흥사에서...

산사의 여름

대자대비 아미타불
극락정토 뜰안인가
이골저봉 만학천봉
기화요초 신록청산
별유천지 유월설악

내원벽골 바람소리
부연마루 풍경소리
고승염불 목탁소리
앞뒷산에 산새소리
일품합창 소리공양

어제그제 내린비로
내원골짝 세심천은
여울소리 넉넉하고
세상사는 바른지혜
上善如水 이르구나

붉은머리 산새한쌍
이끼푸른 기왓장에
쫑긋쫑긋 날아앉아
찌륵쪼륵 노래하니
청아청명 맑고곱다

산중하늘 뭉게구름
여름볕살 따가운가
산마루에 앉아쉬고
대웅보전 부처님도
심심적적 졸음겹네

극락보전 하얀뜰에
하품하던 석등탑은

두손모은 보살산객
간절소원 알아듣고
지친어깨 보듬구나

풍우성상 고해바다
오늘에야 돌아보니
천방지축 철없었네
칠순고희 부끄러워
고개들지 못하여라

기왕지사 지나온길
후회한들 무엇할꼬
순천자흥 역천자망
명심보감 맹자말씀
되새기며 살고지고

신록천지 여름산도
가을오면 낙엽지고
이판사판 잘잘못도
부처님의 손안일터
죄짐없이 살으리라

설악산 신흥사에서...

산사의 가을

이끼푸른 돌담장
전설도 귀잠든 산사에
단청칠 언젤까
대웅전 하얀 뜨락에
뒷산마루 석양빛 빗겨들고
합장소원 눈감으니
메마른 절간기둥
단풍빛으로 붉어라

산중하늘 푸르고
온 산에 가을가득한데
내원골 갈바람
용마루 녹슨풍경을 흔드니
잘났다 잘랑대고
다 안다고 달랑이네
툇마루에 산객
돌샘약수에 목축인다

적막산중 산사에
합장소원 보살 어데갔을까
돌담쌓던 석수쟁이
극락정토 부처와 사는지
사천왕은 알까
처마밑 날아든 산새
쪼르륵 노래공양하니
달마봉 그제사 웃네

　　　　아, 가을이 만산이로고

산사의 겨울

산숲 나무에 졸던
꼭두새벽 바람
내원골 눈바람에 깨어
귀잠든 숲울리고
대웅전 하얀뜰
탑돌이 예불스님 옷자락에
들락펄럭 심술터니
하품 석등도
녹슨 풍경도 깨우고는
전설이 고드름처럼 달린
산사를 떠났는가
적막강산 고요로다

졸졸소리내 솟던
돌틈새 약수도 꽁얼고
합장보살 야윈 손도
통통 얼었네
주렁열린 고드름의 눈물은
달마봉에 오른
아침햇님의 따스함일까
부처님 뵌 감읍일까
세심천에 정히 몸씻고
노래로 공양하는

산새부부의 깃털이
노란 아침햇살에 고와라

산중에 절寺있더냐
절간에 산있더냐
山高山深이면 절깐도 크니
山中之寺 寺中之山일터
도찐개찐이로다
백악설산 천년고찰에
또 눈내리네
가련 세상지우고
극락정토 만들려나
달마봉자락에 청동좌불
지긋이 눈감고
눈바람에 앉아있네

겨울새벽 신흥사에서...

암자의 봄

봄빛든 산자락에
외로운 암자
파르라니 해맑은 동자승은
이끼낀 전설을 알까
염주헤아리다
툇마루서 졸고있네

탱화속 부처님도
참선드셨을까
지긋 눈감아 고요로다
단청부연마루 녹슨 풍경도
산들 봄바람에
댕그렁 풍월도 없네

산깊은 암자에
하얀마당 검버섯핀 石燈도
기웃뚱 졸고
합장소원 나그네도
먼산보며 졸고나
어즈버, 만산래춘이로다

산사일기

부처님이 맘상했나
좌불안석 심란하다
산속깊은 자락에다
조그마한 암자짓고
중생구제 빌어주면
조용해서 좋으련만
경향각지 관광객들
밤낮없이 낄낄대고
야단법석 시끌벅쩍
자나깨나 걱정일세

일주대문 들어서면
설악산도 질만하게
청동좌불 앉혀놓고
허세치장 뭔짓이냐
대문에는 사천대왕
돌담장은 높고높아
극락보전 가뒀구나
가련쿠나 사바중생
설악에도 못있겠다
내없으면 간줄알라

세심천은 무엇인고

너는물로 마음씻냐
풍진세상 맘비우면
즉심즉불 해탈이요
탁한마음 씻음인데
누가지은 이름이냐
자장율사 시켰더냐
문수보살 일렀더냐
불타세계 절간문화
신흥사가 앞장서라

한참이나 꾸중터니
백팔번뇌 중생보며
할수할수 없으신가
극락보전 中坐하여
대자대비 베프시며
공양불심 위로한다
천년고찰 신흥사에
부처마음 내알겠다
색즉시공 공즉시색
아제아제 바라아제

천년고찰 신흥사에서...

내가 부처로 보이느냐

큰 산에 바람자니
흰구름 산마루에 눕고
달마자락 청동좌불의 미소만
온 산에 은은하여라

천년미소 다문 입술
지긋감은 밝은 눈
어깨내리운 두툼후덕한 큰귀
님의 후광도 경외로워라

엎드려 두손모은
가여운 작은보살 불심보시고
대자대비의 눈을 뜨시네
아, 남 무 아 미 타 불

고해세상사 다알며
천리밖도 굽어 살피는데
한길인간속 어이타 모르리오
내 눈물속죄 받으소서

제가는 가련 중생아
네가찾는 부처가 어데있더냐
나도 한낱 청동쇠붙이
네 맘속 부처가 부처니라

님아, 非心非佛이라시더니
卽心卽佛은 또 무엇이오니까
중생이 눈어두워
님의 큰 모습만 보나이다

관세음 보살이로다

설악산 통일대불앞에서...

백담사百潭寺에서

노오란 봄빛 온산가득하고
아롱다롱 뽀오얀 산골내음
산사 범종소리 계곡울리니
얼었던 벽계수 다시흐르네

객방에 뒹굴던 立冬녀석도
댓님 끈매며 갈채비하는가
겨울봇짐 예있네 어서가게
산모랭이 돌면 행길나서네

여울가 버들도 봄마중하고
산천어 은비늘 반짝이어라
바야흐로 온산이 봄이로세
어와 좋은봄날 산주막들까

그러나 저러나 卍海어르신
다께시마란 말 들어봤나요
우리獨島를 일본 竹島라며
뚱딴지같은 억지를 떱니다

왜놈들이 선잠깨 웃깁니다
지옥에 [히로히또] 만나면
"어데서 함부로 주접이더냐
우리땅 대마도나 내놓거라"

삼십오년 恨서린 大韓國人
너희들은 결코 잊지말아라
니놈들 주접에 술맛떨어져
산중에 온봄이나 즐기련다

봄날에 백담사에서...

낙산사지洛山寺址에서

오백삼십마디로 울던 銅鐘은 간곳없고
잿더미 빈절터 해수관음보살만 쓸쓸타
중생구제 어이할까 눈감고 수심깊어라

관세음 쇠울림소리 사바세상 깨우더니
타다남은 절간기둥에 석양빛 서러워라
불길속으로 사라진 천년고찰 洛山寺여

황막적요 산사그림자 해풍에 흐터지고
원통보존 뜰가운데 애처로운 칠층석탑
꽃피울 새봄도 홍예문밖에 서성이고나

전설속에 파랑새마져 날아간 검솔밭에
스산한 바닷바람에 파르라니 떨고있고
의상대사 고승원효도 안타까워 말없네

설악산자락에 불꽃뱀 짓궂게 굴던날에
산마루 푸른달도 구름가리고 울었다네
고해세상 일깨우던 맑은소리 그리워라

잡스런 몽골외침 좀스런 왜구침략에도
세월의 푸른녹은 나라지킴의 훈장일터
천년의 진혼 극락정토찾아 길떠났을까

두손모은 보살불심 어여삐 살피우소서
동종의 맑은소리 어두운 세상깨우소서
천년고찰 오색빛깔 다시밝혀 빛나소서

일천삼백해 베푸신 자비거두지 마시고
의상대 관음보살의 뜻 세세무궁펴시며
백의순결 대한민국 영생복락 내리소서

　　　　　잿더미 낙산절터를 보며...

계조암繼祖庵

내원골 바위굴에
움막들이고
누비승복에 품고온 부처
정히 모시니
방안가득 훈기로다

머리위 울산바위
비 바람가리고
마애불은 어둔 밤지키니
여래의 자비련가
천하명당 암자로세

멀리 달마봉보며
수도정진하던
원효 의상 각지 봉정
줄지어 큰 스님나왔다고
계조암이드래요

앞마당 너른바위에
둥글 감자닮은 흔들바위
배고픈 수도스님
염불심은 따로였을까
아, 관 세 음 보 살

어리석은 눈귀 입술
풍진 사바중생 구하려는
내원골 목탁소리
오늘따라 낭랑하여라
나무아미타불

내원골에서...

註 : 외설악산 신흥사에 부속 암자로는 내원암, 안양암, 계조암 등
    이 있지요. 그 중에서도 계조암은 여러 수도祖師가 있었던 곳으
    로서, 계조암이 들어선 곳이 목탁바위에 굴속이라고 해서, 다
    른 곳에서 10년 공부를 이곳에서 하면, 5년도 안걸린다고 합니
    다. 울산바위 오르는 길목 큰 바위에 조용한 암자인 이곳을 다
    들 아시지요.

부도탑의 염불

첩첩산중 깊은 골
비탈 외솔길옆
색즉시공 불생불멸 염불타
둥근 돌뎅이 부도탑에
사리 육신남기고
극락정토 님찾아 길떠난
아, 무상한 인생아

검버섯핀 진혼묘탑
천년 풍우에
돌각碑名 덧없이 지워지고
고승의 허허로운 영혼
내원골 바람만이
남가지에 앉아
잎새흔들어 달래고나

뉘가 위로할까
사바인연 벗고 온
삭발탁승길 인고
감물드린 승복에 가렸을까
심심골 산사에 울리던
반야심경 아제아제
어느 바람결에 갔을까

불구덩에 육신살라
비색영롱 사리두고 떠남은
여래님의 자비련가
파릇돗은 돌이끼
님의 미소닮아
보슬보슬 보드랍고
먼 목탁소리 맑아라

내원골 부도탑에서...

텅빈 충만

암자에 봄빛든 날
겨울지낸 창호지 걷어내고
하얗게 갈아 붙이니
지나던 봄햇살
먼저 들어와 누워있네

노란 콩댐장판에
방안가득 두런대는 봄볕살
문두드리는 산객없어
스님 좌선드니
바람도 따라 고요로다

앞산 다들여도 남을
텅빈 스님의 방
댓돌위에 검정신발의 사연
탑돌이에 다 닳았을까
남무 관세음보살

툇마루 졸던 동자승
스님 기침소리에
백팔번뇌 염주알 헤아리다
앞산 뻐꾸기 울음소리
실눈뜨고 엿듣고나

이 밖에 더두어 무엇하리

신록천지 수해바다 유월설악
벽골바람에 온산이 춤추고나
용비승천 잠룡등천 폭포소리
앞산뒷산 꽃가지에 산새한쌍
청아낭랑 곱디고운 사랑노래

숲비집고든 한줄기 여름햇살
초록잎새 희롱하며 반짝이네
하얀바위 얼켜누운 청계골에
팔벼게 산중노인 한가로워라
두어라 청산두고 어데갈까나

여기가 도연명의 무릉이련가
별유천지 뜰앞의 꽃밭이련가
안평대군 몽유도원 내왔는가
설악산넘어 세상이 하찮구먼
고해바다 눈물잊고 예살려네

여보게 내자여 한잔따르시게
꽃내음 술향기에 가득취하니
마치 임자가 하늘선녀같구려
옥황상제 天菊酒가 별거겠나
마눌仙女 따라주면 천국주지

오, 이 밖에 더두어 무엇하리

　　　　여름날의 가운데서...

산, 바람, 구름 그리고

잔등땀 짙어지고
바람에 산넘는 흰구름처럼
대청을 오르니
하얀 운해바다에 뜬
천봉만산이 기다린 듯
머리숙여 인사하고나

삼천리 강산 등줄기
싯퍼런 백두대간
태백령 설악산의 만학천봉
솟구친 봉마다
호연지기를 이르니
신선은 어데 숨었더냐

저 하늘과 바람과
산정구름아
설악산 오가며 만나니
이제는 죽마고우로 지내세
도원결의하 듯
우리도 산상결의할까

하늘 닿은 대청봉에서...

설악에 눈오시네

눈없는 빈 겨울될까
늙은이 노심초사 걱정중에
하늘가득 눈오시네

서둘러 설악들어서니
백백애애 설국이라
극락정토가 바로 여기로다

속세에 찌든 맘벗고
일주문을 지나니
청동좌불 여전히 반기고야

님도 간밤설치셨나
두손모은 보살의 간절소원
지긋이 눈감고 들으시네

죄덩어리 사바속물이
언감생심 부처님 속이리까
부디 자비베푸소서

세심천 여울건너
극락보전 앞뜰 눈밟고서니
여래미소 은은하여라

절깐문을 나서며
울산바위갈까 비룡폭 갈까
비선대가 맞춤이로다

발길드문 솔숲길에
귀어둔 칠순노인
눈내리는 소리가 정겹고나

비선대 하늘선녀야
천상배필 낭군 자식셋두고
어찌 이리도 매정터냐

천국하늘 좋다한 들
넓직한 낭군품만 할까보냐
아서라, 말아라

이리 눈도 많은데
오손도손 그냥 살지
허허망망 하늘 왜가려느냐

조선여인의 정절은
세상 다아는 일편단심인데
선녀라서 못들었더냐

가든 말든 난 모르겠다
감자전에 탁배기 마실란다

그것 참 고얀지고로다

거나히 취한 눈길에
산나그네 비틀한 발자국이
뽀드득 선명해라

눈내리는 펑펑소리에
세상소리가 없어
하늘보며 靑山에 살으리라

問余何事棲碧山 문여하사서벽산
笑而不答心自閑 소이부답심자한
別有天地非人間 별유천지비인간

등굽어 힘겨운 어깨에
흰눈송이 소복히 위로하니
늙은 몸이 웃고나

늙은이 설산에 들다...

註 : 問余何事棲碧山 : 왜 산에 사느냐 묻기에
    笑而不答心自閑 : 웃기만하고 아무 대답 아니했네
    別有天地非人間 : 여기는 별천지라 인간세상아니네
                    ...이백의 山中問答편에서

단풍설악을 넘다

쫑긋 납쑥 산다람쥐
겨울지낼 털갈이를 했는지
통통 앙증맞아라

긴 겨울 외로움 견딜
조놈이 나보다도 커보인다
아, 위대한 생명

자릿끼 포근한 굴속에
얼마나 도토리를 모았을까
암컷일까 숫컷일까

바람소리도 차가운
오색약수골 아침 일곱시반
등정 첫발을 내디딘다

오름길이 짧은 만큼
가파르기가 간단치 않을터
그러나 하늘밑 뫼이리라

첩첩산넘고 계곡건너
철난간잡아 비알길 오르니
설악폭포 제 반기네

뒤엉켜 누운 바위
소리치며 내리는 청간벽수
천하일품 산수화로다

숨턱턱 비알산길
허우단숨 깔딱재를 올라서
단풍빛 바람에 땀씻는다

낙낙노송 금빛철갑
천년숲에 흐드러진 단풍빛
구경하랴 오르랴 바쁘네

모랭이돌고 천년숲지나
안개밟고 바위비껴 오르니
저기 돌무더기 대청봉

드디어 산정수리
열두시에 하늘속에 섰노라
야, 조오타

대청봉아 반갑구면
아랫골 기암괴석 뽐내건만
바람속에 선 너만하랴

구름몰고온 찬 바람이
양볼을 때린다

벌써 산정은 한겨울이네요

구름뚫은 봉우리들
눈앞에 허허망망 동해바다
안개핀 만학천봉의 장관

장엄히 솟은 봉들은
구름과 바람따라 일렁이며
너울파도를 일으킨다

첩첩 산너머 멀리
하얗케 귀잠든 울산바위와
바닷가 마을 속초

발아래 천봉만산 천불골
하얀 바위봉들
죽순처럼 솟구친 공룡능선

아들아 며늘아기야
여기 대청봉이다
화이팅, 천천히 조심하세요

첩첩산산 내설악에
사연많은 백담사는 어덴고
용아장릉은 제있고나

사바중생 구제위해
부처님도 쉬엄쉬엄 올랐을
기암절벽아래 봉정암

내외설악 비경두고
구두끈 졸라매며
가뿐히 대청마루 내려선다

비알길 가물가물
죽음의 계곡가에 희운각은
喜雲선생이 세운 대피소

공룡능선끼고 돌아
천불동을 드니
단애절벽 요염빛 오색단풍

빨주노초파남보
심심골에 넘실거리는 단풍
화려강산이로다

하늘의 조화련가
별천지 세상이 따로없구나
천의 얼굴 설악이여

이벽 저벽에 마애불
어찌 千佛골인지 알겠도다

죄짓고는 못올 곳이네

거대 절벽 사잇길에
작아 꼬물거리는 산나그네
아직도 의기양양이지만

兩폭중에 陽폭이
억겁세월 깎인 바위물골에
하얀 폭포소리 반기네

단애봉아래 양폭산장
산객들의 호쾌한 웃음소리
질펀한 무용담들

이제 두어시간이면
비선대 장군봉이 날반기리
식은 캔맥주로 힘돋군다

청아한 산새소리
치솟은 절벽마다 되울리니
개선행진곡이 따로없다

오련폭포 예있구나
수줍게 물줄기를 쏟고있네
양갓집 규수는 아니렸다

햇살에 훤히 드러낸
검은살이 차마 부끄럽고나
짐짓 안본 척 미소로다

민망 골짝 벗어나니
섬찟하니 창백한 귀면암봉
요상한 것 썩물렀거라

전설의 맑은 文殊潭
사바속세에 젖은 손씻으니
육십성상이 부끄럽구나

어느새 저 만치에
비선대 철다리가 반가웁다
다리위에 인증샷 소리들

이내 산주막들어
사발탁주 들이켜 목축이니
금새 산여독이 달아나네

오색골 다람쥐도
포근한 굴속에 잠들었을까
내년에도 다시 만나자

오색에서 천불동으로...

수렴동 별곡

한담풍월
閑談風月

귀거래사歸去來辭·1
– 나는 이렇게 삽니다

회색빛 도회지에 반백년 각고풍상
찌들은 쪼막가슴을 차마 못버리고
빛바랜 잠바속에 소중히 감싸안고
시원섭섭 서울떠나 束草로 왔지요

미시령길 울산바위 길마중 반기고
손흔들며 끼룩웃는 동해 갈매기들
뒤로는 백악설산 앞에는 동해바다
배산임수의 명당일터 내 잘왔도다

이제 뜨끈한 온천물에 몸풀어놓고
청간청풍에 얼룩진 마음을 씻으리
심심골 산채나물 약수는 보약일터
늙그막에 즐거움 더두어 무엇할까

산닮아 듬직하고 바다처럼 넓직한
둥굴둥굴 후덕한 감자바위 이웃들
처음에는 낯설어 머뭇거리던 마음
이제 정들어 딴곳으로 안갈랍니다

그후로 봄하고 여름거쳐 가을되고
눈덮힌 설악산보기를 어언 열두해
미운정 고운정 내고향과 진배없어
生居明堂 속초에서 살다 가렵니다

푸른바다 설악산을 발치끝에 두고
녹초청강 요산요수 두루 즐기면서
눈비바람 산하보며 詩지어 부르고
사계절 오고가는 세월과 살렵니다

나는 이제 이렇게 삽니다

동해바다에 솟는 아침해를 보면서
배산임수 텃밭일궈 옹기종기 사는
두뭇골 이웃들과 오며가며 지내니
고향이 별건가요 정들면 고향이죠

딱히 할일없고 시간많은 늙은이라
허허 바다를 보며 이 생각 저 생각
풍진세상 잘살았다며 웃기도 하죠
인생이 그런거지 뾰죽수가 있나요

바람에 실려오는 봄맞으러도 가고
벌거숭이 땡볕여름 훔쳐보러 가고
가을볕살 하얀해변 거닐러도 가고
겨울바다 갈매기떼의 군무도 보고

너울너울 춤추는 갈매기의 흰날개
모래밭에 사르르 스며드는 흰거품
수평선 물끝자락 뭉게뭉게 흰구름
새섬에 산산히 부서지는 너울파도

싱싱 활어횟깜 주막마다 그득한데
늙은 입이라고 어찌 푸대접하나요
향긋한 꽃멍게며 쌉쌀한 해삼한첨
쏘주의 쓴맛을 달디달게 해주지요

어디 술안주에 생선회만 있던가요

단골집 아줌마의 푸짐한 손맛에다
파도소리 권주가삼고 마시는 술맛
산해진미 수라상도 정말 안부럽죠

나는 또 이렇게 삽니다

설악산이 부르면 열일제치고 가죠
하늘닿은 대청봉도 한해 너댓번씩
만학천봉 청간벽계 쉬엄쉬엄 걸어
철따라 다니니 건강도 좋아졌지요

춘삼월 새봄엔 산꽃내음 가득하죠
여름엔 살랑살랑 산바람 시원하죠
가을엔 오색빛 단풍산이 별천지죠
겨울엔 천봉 만산이 월야선봉이죠

참새녀석이 방앗간 그냥 지날까요
백담벽수 계곡에 친구와 자리하고
산정기 향짙은 심심산골 더덕구워
사발탁주 한잔하는 청빈낙도 선비

설악은 날붙잡고 더놀다 가라더니
술취한 늙은이 처음부터 걱정인가
뒷산그림자 굽은 등밀며 내려오죠
이렇게 설악산을 벗삼고 지냅니다

대청봉 천불동 비선대 오련폭포도
울산바위 권금성 백담사 신흥사도
철마다 새옷입고 놀러오라 부르니
내 어찌 싫다좋다 손사례하오리까

바다와 산사이 샘솟는 尺山온천에
고해바다 인생길 숨가쁘게 살아온
어즈버 칠순세월을 따뜻히 달래며
밤하늘에 별보며 맘편히 살렵니다

나는 이렇게 살렵니다

열심히 세상살아온 황혼길 늙은이
서쪽하늘 노을이 아름다운 것처럼
바다보며 산보며 건강하게 살라며
하늘이 노을빛 황혼상을 주었지요

헛되고 헛된 세상욕심을 내려놓고
널푸른 바다처럼 맘열고 살렵니다
저 설악산처럼 듬직하니 살렵니다
청간에 벽계수처럼 맑게 살렵니다

어드레요 여기와 사실래요...

귀거래사·2

창두드리는 새소리에
해오르는 새벽창을 여니
바람은 맑고
하늘은 가을이어라
아침해 하얀 마루에서
원두커피를 내린다

이 모양 저 모양
꾸불텅 세월에
햇볕든 날이 얼마였던가
기웃뚱 늘그막 길에
이만하면 족하니
귀거래사 노래하리라

어즈버 가을이로다
풍성 햇곡들녘 소얏골에
바람과 구름아
서산에 노을빛 단풍
행여 시샘마시게
겨울이 산너머 오구면

처서 가을날에...

한담풍월閑談風月

뒤란텃밭 솎음배추 막무친 겉절이
얼른 탁주챙겨들고 툇마루에 앉네
세상시름이 무엇에 쓰는 물건인고
산마루에 지는해도 봄빛 두고가네

오두막두어칸 외딴 곳에 마련하고
백발노모에 늙은 마누라 함께하니
하늘따듯하고 땅 또한 부드럽고나
어제도 오늘도 뜨락에서 자유롭다

안부묻는 아들전화 하루가 즐겁고
술친구 전화에 오늘따라 해가길다
먼데 교회종소리 저녁시간 알리면
액자속 어린시절 노모와 함께간다

자식놈 회초리로 세상길 이르면서
정작 애비놈은 맨날쳐진 꼴찌인생
회초리도 잔소리도 이젠 꺽었으니
못난애비 탓말고 가진 꿈이루거라

풍우성상 지내온길 찬찬 돌아보니
눈귀 입막아놓고 구박사랑 內子여
구름낀 날보다 빛본날이 몇날일까

이제사 못난 세월이 후회스럽구료

큰소리 잘난척 한세상이 제것인양
가진것 하나없는 멍석같은 서방을
말없이 지켜준 삼십오년 인고세월
하늘만큼 땅만큼 고맙기 그지없소

내다시 태어나도 당신만 찾으리다
매일마주보다 닮아버린 당신과 나
이제 입술연지 안그려도 이쁘다오
주름진 당신말고 이세상 뉘있겠소

동산에 둥근달이 환하게 떠오르네
임자 오늘은 내술한잔 받으실랑가
노을진 들녘길에 두런두런 웃으며
백날을 하루같이 손잡고 삽읍시다

어서 마당멍석으로 나오시게...

미국다녀온 얘기

노심초사 설악단풍 못볼까봐
미국구경 대충하고 돌아오니
청명지제 높고높은 하늘아래
백악설산 오색단풍 절정일쎄

신랑품 연지곤지 새색씨처럼
수줍게 발그레하니 요염하고
첩첩산산 만학천봉 울긋불긋
청간벽계 기암절벽 선계로다

풍우성상 세월에도 늘푸르른
천년숲에 금강송 우리소나무
바위뚫은 피멍인고 백악청송
꾸부정한 천년노송 방가방가

설악산 가을풍경이 이러한데

기회와 꿈이있는 땅일찌라도
이것저것 볼꺼리가 많다해도
세상사람 다좋다고 할찌라도
미국에서 살고픈 생각없구면

동네마다 골프장이 백개라도
여기저기 미제가 지천이라도
콜게이트로 이빨닦고 살아도
스테이크를 매일매일 먹어도

감자밭고랑이 끝이 안보여도
사통팔달 고속도로가 좋아도
쭉쭉빵빵 탐스러운 궁둥이도
동방선비의 눈에는 별롭다

물론 너른 땅에 볼꺼린 많죠

어린이들의 요람 디즈니랜드
뭇영화인들의 희망 허리우드

일확천금 환락가 라스베가스
세계인종시장 뉴욕의 맨하탄

그랜드캐년의 어마마한 협곡
요세미티공원에 하프돔 암봉
앨로스톤에 버펄로와 간헐천
세도나에 붉은적벽과 대평원

이민자의 횃불 자유의여인상
페불비치 골프장에 웃음소리
텍사스의 인디안과 서부영화
코리아타운 김방앗깐 눈물떡

삼십년전 이민간 네여동생이

오빠야 미국살자고 말하지만
헬로우 찹찹 초코렛트기브미
꼬부랑말 하지못해 답답하니
니들끼리 오고가며 잘살아라

된장찌개 김치먹고 싶어서도
미국에서 살고싶은 생각없다
오늘은 친구랑 막걸리마시고
내일은 저친구랑 등산갈란다

세상밖에는 한번도 못나가본

영어한마디 못하는 마누라와
그냥저냥 우리땅에서 살란다
오래비도 이젠 늙었지않느냐

그렇지만 나는나는 보았단다

달나라도 갔다온 선진미국을
함부로 얕잡아 막볼 수 없고
입있다 함부로 말할 수 없는
초일류의 거대강국 아메리카

대충대충 주마간산 미국관광
무엇을 얼마나 보았겠나마는
이제 차분하게 곰곰정리해서
내본대로 느낀대로 말할란다

오늘 아침일찍 척산온천에서
미제냄새와 여독을 씻어내니
미국꼬부랑말에 시달린 입술
이제사 맘놓고 숨쉴 것 같다

　　　　설악산자락에서...

하늘이여 웃으소서

세상이치 찾아가니
신神은 죽었고
애초부터 하늘나라는 없다네
해뉘엿 들녘길에
적토마를 탄 늙은이가
광음세월탓하며
"니체"의 이 말을 믿어말어
궁시렁 걱정이로다

고해바다 풍랑인생길
머리위에 하늘만은
"천조자조자天助自助者"라
철석같이 믿었는데 아닌가요
그럼 천심은 뭐고
민심은 닭쫓던 개꼴인가요
뒤죽박죽 세상
아, 무심한 하늘이여

하긴 삼강오륜은
책속에나 있고
사서삼경은 골방신세니
도적놈이 롯또복권 당첨되고
대통령지낸 분이 자살하는

막가는 세상인데
정말 하늘이 없는가
대체 뭐가된지 모르겠다

그러나 저나 난 말야
꿈도 쩐錢도 없는
이래저래도 쭈그렁 바가진데
공수래 공수거 인생
몇푼 쌈짓돈털어
롯또로 운명 한번바꿔봐
또 뉘알아
하늘이 눈감아 줄지

그건 그렇다 치고
이제 눈녹으면
하늘맞닿은 대청봉에 올라가
하늘속이 어떤가
찬찬히 살피고 오리다
속있는 하늘이라면
민심을 두려워 하라고
단단 이를 꺼구먼

구름하늘을 보며...

나팔꽃

밤샘길의 님맞으려
싸리울에 발돋음한 설레임
발그레한 입술은
일편단심 그리움이어라

섬섬한 손길보듬어
정절의 섶고름푼 수줍음에
까맣케 잉태한 꽃씨
님이시여 나만 보소서

오시는 길섶가에
눈웃음 들꽃일랑 보지마오
님기다린 입술
이슬젖어도 애탄다오

두둥실 산넘으며
입가득 웃음띤 아침햇살에
배시시 팔벌려
글썽한 미소로 안기네

가을 하늘 아래

자마리의 추억

소슬한 바람속을
힘겹게 날아온
한마리 빨간 고추자마리
나래짓도 무거운가
갈대끝에 겨우 앉고나

찢겨진 망사날개
파르르 떨며
숨찬 외로움에 헐떡이는
가녀린 몸짓이
차마 보기 애처로워라

하얀 울마당 하늘을
희롱하듯 춤추던
봉숭아 꽃물들인 짝꿍은
어이 헤어지고
갈바람에 홀로 이더냐

반질 빛나던 눈동자
천개의 모자이크빛 추억
서러움이련가
갸우뚱 하늘보며
그리운 눈물 반짝이네

"영웅"을 들으며

원두커피를 내린다
마루가득히 잘익은 향내들
동녘 새벽하늘도
발그레 기웃거리더니
기어히
창문을 두드린다

영웅의 말발굽소리
애그몬트 서곡이 달려온다
노오란 국향
아침햇살에 화사한데
광장한켠 동상이
반질거리며 웃고나

천군만마를 호령턴
영웅호걸도
애늙은 귓가에서 재롱이나
저꽃 국화만 못하네
설악에 뭉게구름
대청마루에 한가롭다

설산자락 햇살골에
둥지튼 십여년
하늘바람에 구름가는 세월
시詩지어 노래하니
쓸모없는 늙은이
늙으막에 복도 많아라

　　　　　　설악산자락 아침에...

가을 새댁

싸리울안 하얀마당
갈볕누운 멍석에
빨간햇고추 속없이 웃는데
콩타작 하루해가 길다

토실동실한 뒷태
며늘애기 훔쳐보던 시에미
손주놈 언제볼까
긴 한숨에 마당꺼지네

갈바람 건듯 불어
새댁적삼 헤짚으니
뱃길나간 낭군님 그리운가
부픈 가슴을 여미고나

가는 듯 오신다더니
어이 무정하오
은하수로 배져어 오시려나
눈물그렁 반달보네

사립짝 흔드는 가을바람아
님오시는 바닷길에
순풍이 되소서

베개안고 잠든 꿈길새댁

님그린 도리깨질에
두쪽진 콩농사 반타작일까
댓돌아래 강아지
달보며 괜히 짓고나

시골의 가을밤이 깊어간다

　　　　가을들녘 시골길에...

노인 풍월

내 한몸도 힘겨운
칠순인생 길에
세월아 네월아 빈둥거리는
내 몸속에 한량
맨날 요기조기 아프다며
엄살떠는 내닮은 놈
이번 대청봉 길에
천불골에 떼놓고 올란다
고놈 마침 쌤통이다

만학천봉 굽어보는
하늘닿은 대청에 서서
숨찬 늙은이가
하늘에 대고 중얼거리는데
몸속에 늙은 놈
오늘 버리고 올랍니다
혼자도 힘든 세상
놈의 생짜증이
이젠 정말 싫습니다

짐벗은 늙은 이가
시원섭섭 하산하여
산주막 들어서니

심심골에 떼놓은 늙은이가
능글맞게 앉아
기다린 듯 반긴다
전지전능한 하늘도
저 놈과 난 한몸이라며
어쩔 수 없나보다

하긴 저 설악산도
울울창창 싯퍼런 여름가면
텅빈 가을오고 겨울오는
사계절에 억매이 듯
생로병사 인생길도
하늘이 정한 사계일터
모자른 인간이
엇따대고 억지일까
그냥 더불어 살렵니다

여름설악을 넘으며...

창밖의 여자

미시령 열두구빗길
밉고운 님보내고
노을진 들녘길에 서있었네
아직 하얀미소
조그맣게 흔들던 손

책갈피속에 숨겼던
화려하게 춤추던 첫사랑을
행여 뉘엿볼까
옷깃여미며 나선
갈볕든 바람들녘 외출

잃어버린 세월에
잊혀진 그리움
그때 입맞춤은 부끄러웠지
이젠 멀어져야 할
아, 창밖의 여인이여

다시 텅빈 마음
술로 채워질까
뽀얗케 기대오던 숨소리와
글썽 맺한 미소찾아
어제걷던 산길로 가네

대포항大浦港

통통배 두어척들던
옴팍든 어촌이
이젠 바다내음을 회치는
싱싱한 포구로다
前方바닷가라 대포냐

설악산 관광객도
대포항 모르면
속초순경이 잡아 간다니
오늘도 흥청거린다
상전벽해가 따로없다

염불보단 잿밥일까
자연산 광어회 한첨에다
쐬주 생각에
촌로들 건성건성
흔들바위는 뒷전일쎄

자연산이드래요
광어 도다리 닭새우
해삼과 멍게
탄불위에 쩍벌린 가래비
짭쪼름한 노란 속살

이층창가 자리잡고
권커니 흥겨웁다
힘겨운 농삿일에 뭉게진
손마디 심줄이
술기운에 툭툭 솟고나

참빗질 쪽진머리
오늘따라 왠지
갓시집온 임자 뒷모습이
가물가물 그립구면
아, 무정한 세월이여...

　　　　　　대포항 달빛 아래...

설악야곡

설악에 눈내리던 밤
소쿠리에 군감자 고향담아
먼길에 벗이왔네
찰랑 술잔에 어리는
세월진 늙은이
코찔찌리 짱구가 왔네

고향의 살진 흙내음
군감자 까먹으며
아해같이 해맑게 웃는소리
그 골목 담벼락에 아직도
짱구 바보처럼
팔벌리고 웃고 있을까

권커니 오가는 술잔에
팽이치던 언손이 녹는구나
이 고진 세상길
어이 섧기만 할까
사노라면 오늘도 있는걸
이젠 외롭다 않으리

서둘러 간단 말마소
천방지축 철부지 어린세월

삼년고개너머 고향가자
가난도 재밌던
개울에서 멱감고
뒷산올라 연도 날리자

봄다음에 여름오는
요까짓 세월을
요리조리 비껴 못살고
어수룩히 늙어버린 짱구야
우린 촌띠기지
짱구야 안그런가ㅎㅎㅎ

겨울설악의 밤...

서울의 달

잿빛도시의 하루가
굉음으로 물든
축축한 아스팔트 길위에
찬바람 스산한데
밤이슬에 젖는 빈가슴

찌든 삶의 굴레에
울어도 슬픈
도시의 목마른 사냥꾼을
쏟아낸 출구에
서울의 달이 애잔타

가난한 술잔건네는
비탈진 달동네
마천루에 걸려 찌그러진
서울의 달을 안고
가물가물 조는 외등아

이제는 떠나리라
서러운 빈주먹
거만하게 웃는 도시를
다시는 오지않으리
고향의 샛강에서 살리라

허허로운 빈털털이
낙오자 일찌라도
들녘 갈바람 길마중하고
조롱박 초가에
달빛앉아 기다리겠지

버선발 늙은 노모
내달아 안으며
그리움 서러움 눈물되어
야윈 볼에 흐르네
어디보자 내 새끼야

설악의 달빛 아래...

어인 일이고

눈앞은 캄캄하고
귀는 덩달아 멍멍하구나
허기진 필력에
괜스레 마음만 급하네

잡을 듯 서두르면
하늘 구름처럼 달아나니
연필대신 회초리들어
학창시절 꾸짖었네

이젠 자나깨나
글쓸 일이 걱정인데
주인맘 알턱없는 목구멍
술집찾아 앞장서네

아, 후회로고
"남아수독오거서"였는데
에라, 모르겠다
포도서리나 갈란다

카페 [공지글]로 선정되고...

속초 부르스

점심나절 오징어뱃전
물좋은 놈 너댓마리 고르니
술생각 앞장서네
옳커니 동동주가 딱일터

마누라는 물론이고
노모도 반긴다
슬쩍데쳐 설설 김오르는 놈
듬뿍 초장찍는다

사발탁주 입가심에
쫄깃 야들한 바다를 씹으니
마루가득 웃음소리
창밖에 눈송이 나플나플

엄마표 초장맛은
여전 옛맛이고
맛깔진 옥반 가효는 아녀도
이 밖에 더두어 뭣하리

오늘도 남는 하루였네
겨울한낮 술 태백이 뉘더냐
"天地旣愛酒

愛酒不愧天”이로다

하 하 ~ 하

　　　　눈내리는 속초에서...

　註 : 天地旣愛酒천지기애주… 천지가 이미 술을 즐겼으니
　　　愛酒不愧天애주불괴천… 술 즐김이 어찌 부끄러우랴

산너머로 오라

회색칠한 빌딩숲속
도시의 사냥꾼아
긴 골목에 갇힌
조그만 잿빛하늘을 벗어나
너 뛰어놀던
풋풋한 산하로 오라

싱그러운 솔바람
내川흘러 살진 오곡들녘에
작은 오솔길을
맨발로 뛰어오는
풀내음 꼬맹이
어릴 적 널만나리라

산마루에 노니는
황금빛 구름과 저녁노을은
어둔 눈에 축복이리라
달빛 하얀마당
별총총한 하늘을
詩지어 노래하여라

초록빛 새소리와
자갈 여울에

풍진에 찌든 몸씻고
잎새위에 빗소리를 들으며
귀잠든 널깨우는
산너머 산하로 오라

저녁노을을 보며...

축 복

실없이 해본 생각인데
옛날 에덴동산에
선악과만 없었다면
이브의 빨간유혹도 없었을 터
순간의 선택이
요지경 세상되었구먼

태초부터 이 땅은
千의 진법으로 지은 천지세상
"보시기에 좋았더라"였지
말씀대로 살면
하늘엔 영광이요
땅엔 평화인데 업보로다

억겁년 풍진세월에
아담과 이브는
사바세상 거친 인간이 되었고
욕심덩이 되였지
내 너희를 어찌할꼬
니네들 멋대로 살겠느냐

허나 하늘은 사랑이기에
당신지으신 땅에

"지져스 크라이스트"를 보내여
십자가로 죄씻겼으나
아직도 그 타령
하늘두려운 줄 모르구나

하늘가득 사랑의 은총
하얀 눈송이로
땅위 허물덮어주네
너희에게 평화가 있을 지어다
이 죄인 용서하소서
"보시기에 또 좋았더라"

화이트 앤 메리 크리스마스...

2011 신묘년의 소망

일렁넘실 동해물에
두둥실 해빛덩이가 솟네
때찌든 얼굴
싯퍼런 찬물에 씻고오르니
해맑게 붉어라
이전 것은 지나가고
하늘 땅 온누리가
보라, 새날이 되었도다

먼동빛이 하늘열고
대지를 깨우듯이
신묘년 새해는
토끼같이 큰귀 쫑긋열고서
동서가 소통하고
상하가 나누며
남북이 하나되는
좋은 나라를 만듭시다

삼천리반도 금수강산
한핏줄 백의민족은
일천누란의 외침도 견디고
동족상잔 비극에
보릿고개 가난도 넘은

한강의 기적 선진국인데
티격태격할 일일까
다함께 손잡고 갑시다

하늘과 땅에 속한
자연과 인간이
상생하는 생명의 빛되소서
자그마한 이 땅위에
어둠과 다툼을 어우르는
따듯한 빛되소서
기쁨과 활력이 넘치는
희망의 빛이 되소서

하늘축복 영광조국에
친애하는 님이여
희망찬 신묘년
하는 일마다 만사형통하고
서기집문하소서
온가족 늘 건강하고
올해는 꼭 부자되세요
근하신년!

바다에서 새해맞이...

2012 임신년의 소망

일렁출렁 동해바다
너울너울 남실넘실
하늘닿은 물자락에
붉디붉은 새빛덩이
두리둥실 떠오르며
새벽하늘 빛뿌리니
壬辰새해 아침일쎄

동해뚫고 솟구치며
여명어둠 걷어내는
임신흑룡 해야해야
중천하늘 높이올라
금수강산 구석구석
이쪽저쪽 고루고루
따듯하게 비추소서

티격태격 나랏일도
역지사지 마음열면
남탓일도 아니고요
동서화합 남북문제
상하소통 나눔복지
형님먼저 아우먼저
어우르면 될일이지

부디부디　올해에는
현군인자　나랏님과
민초선량　잘뽑고요
억조창생　서로서로
삼강오륜　잘지키며
국태민안　좋은나라
우리함께　만듭시다

만민님네　집집마다
가정화목　서기집문
만수무강　만사형통
잠룡등천　입신양명
입춘대길　건양다경
만사여의　근하신년
합장기원　이루소서

맑은 새아침에...

2014 갑오년의 소망

천지현황 온누리를
갈깃푸른 청마타고
허허바다 망망하늘
어둠빗장 벗겨여니
갑오신년 새날아침
해빛덩이 눈부시네

동해열고 솟아오른
갑오청마 해야해야
청천하늘 높이올라
두쪽강산 구석구석
동서남북 고루고루
따듯하게 비추소서

부디부디 올한해는
선경지명 대통령과
민초선량 지혜모아
국태민안 살기좋은
일등국민 선진한국
우리함께 만듭시다

티격태격 지역갈등
옥신각신 계층갈등

진보보수 좌우갈등
역지사지 마음열면
형님먼저 아우먼저
상하소통 만사형통

집집마다 웃음소리
하늘축복 화기애애
입춘대길 건양다경
입신양명 서기집문
건강백세 만수무강
소원성취 공하신년

맑은 새아침에...

만추일기·1

아침녘에 채비하고
왼종일 하늘건너드니
서산마루 주막을 들렀던가
벌겋게 취한 채
해는 산넘어 갔다

주막골 술단내에
서산넘던 구름도 취했던가
어울렁 더울렁 붉고
노을진 들녘도
어깨춤 남실 흥겨워라

서산자락 하얀길에
산그림자 밟고온 가을밤은
달빛아래 졸고
취기어린 붉은 구름도
먼 바다로 갔는데

어스름 밤깃드니
초가지붕위에
조롱박 희롱하는 별빛쪼각
짝잃은 산새울음에
자꾸 가을은 깊어라

만추일기·2

생로병사 인생길
칠순의 세월길을 오다보니
부귀와 권세도
몸 건강만 못하데요

공수래공수거 인생길
잘났니 못났니
아옹다옹 티격태격
부질없고 속없는 짓입니다

집집마다 그늘있고
웃음도 있을 터
하루 두끼먹으면 배부른데
못났다 섧다 마십시오

아침해뜨고 달뜨는
바람의 거리는
올망졸망 작은 보통인생이
가득하게 오간답니다

골목 어둑해지면
술친구불러내
따듯히 하루얘기 나누면서
잔나누며 웃읍시다

사바세상 풍진인생
희로애락이 어찌 없으리오
다가질 수 없으니
건강이 백점인생입니다

갈바람 골목길에서...

인생풍월
人生風月

노을진 들녘·1

막무쳐 낸 겉절이
왼종일 컬컬하던 참에
마침 좋구먼
임자 한보새기 담아주게나
탁주 한잔할라네

서산에 노을보며
평상앉아 두어잔 들이키니
가난 세월이 비켜가네
이만하면 됐지
늙어 바랄게 뭐있나

살며 힘들 때마다
마음달래준 술
술태백이라 손가락질 해도
난 이렇게 살려네
술없이 뭔 재미로 살아

노을진 들녘길에서
이런저런 욕심낼게 뭐있나
덧없던 세월에
겉절이에 한잔하는
늙은이 나무라지 마소

그나 저나 이보게
임자손맛을 뉘라서 따를까
장금이도 어림없을 걸
아프지 말고
종종 겉절이지 해주소

멍석같은 지애비
맨날 술타령에
서러운 눈물 한강이었겠지
허허 미안하네
어디 이리나와 앉소

여긴 東草드래요...

노을진 들녘·2

외다리 허수애비가
기웃뚱 서서
참새들도 비웃는
가여운 어깨에
무거운 산그림자 앉히고
갈바람에 떨고 서있네

허허망망 고해바다
생로병사 인생길
남루한 허수애비 소매는
쓸쓸한 바람 들녘에
석별이 아쉬워
울먹한 손짓을 하여라

가난에 등굽은 삶
멈춰 돌아보니
어찌 그리도 모자랐더냐
후회해도 덧없어
몇마장 남은 세월길을
늙은 인생이 가고나

이고 진 인생길에
이것 저것 세상 것은
헛된 욕심일 터
노을진 들녘 허수애비가
참새쫓다 말고
하늘보며 허허웃네

가을들녘에 낙수...

노을진 들녘·3

잠길에서 쫓겨나온
늙은이의 새벽이
봄가뭄 들녘처럼 메마르고
신문 아해 발소리는
아직 멀었는데
바람의 차가운 비명이
창문다가와
어둔 귀를 두드리네

조심 조심 발길로
잠든 부엌들어
달그락 원두커피를 내린다
새벽을 깨우는
갈색빛 찬란한 원두향
창가에 서서
잎새진 가지에 걸려
밤새떨던 달빛을 본다

무거운 어둠은
밤바다에 녹슬은 철선같이
바람속에 떠있고
새벽은 무엇이 두려워
아침에만 오는가
밤이 싫은 늙은이가
먼동빛 하늘보며
괜히 투덜 트집이다

가을새벽의 낙수...

칡과 꼬맹이

내 어릴적 옛날엔
동네 집집마다
어찌 그리도 가난했을까요
"밥먹었니"가 인사였죠

그 때를 생각하면
가느다란 목에
기계총 까까머리 꼬맹이가
짠해서 눈물납니다

나뭇단 묶은 칡넝쿨
토막내 씹으며
학교가던 허기진 언덕길은
쪼르륵 보릿고개였고

찬물에 보리밥말아
신김치 아삭이던
칡물든 꼬맹이의 작은입은
배고픔도 함께 씹었죠

뚝뚝한 꺼먹고무신
터진 목양말에
꾀죄죄 동동얼은 발고락이

내가봐도 참 안됐죠

키 크신 아버지도
어찌 못한 가난
뒤란에 숨어울던 엄마보며
따라울던 우리 꼬맹아

무릎에 손주앉히고
보릿고개 살아온 얘기하면
옛날얘긴 줄 알고
허허 눈물글썽이네요

칡토막의 달디단 맛
니들이 어이알까
배고파 허기진 바보꼬맹아
아, 네가 보고싶다

아~ 낙화유수 세월이어라
하 하 하…

청보리밭에서...

엄마와 햇밤

노인정다녀 오시던 엄마
동네골목 촌로의 좌판에서
반지르한 햇밤
한 됫빡을 사오셔서

저녁상물린 가을밤
노랗게 까신다
오도독 얄밉도록 하얀소리
입안가득 햇밤맛 모정

엄마젓이 모자를 때
찐밤을 밥숫갈로 파먹이면
밤토실이라고
토실토실 살올랐단다

벌써 열번째인가
팔남매낳아 기르던 얘기다
몇번이나 더 들을까
엄마의 빈 젓을 본다

달빛가득한 마루에
햇밤까시던 모정
시월사일 새벽길에 떠나신
울엄마가 그립습니다

이제 또 가을입니다
윤기나는 햇밤이
동네골목 좌판에 그득한데
어머니 어데 계신가요

시월 가을밤에...

새들이 떠나간 숲은 적막하다

참새 포르륵 날아와
종종 풀숲에 모이찾는데
한마리 또 내려와
두리번 통통타
포로록 훌쩍 날아간다

동네 골목친군가
마누라 냅두고 갈리있나
잠시후 떼로 날아든다
알까 기른 새낀가
토실 앙징도 스럽다

풀숲에 내외간 참새
짹짹 말도 않터니
어찌 제새끼 데려왔을까
고놈들 보게나
니들이 내보다 났구나

오월의 햇살하늘로
새들은 날아가고
숲은 다시 적막한데
나무등걸에 기댄 늙은이
하품하다 꾸떡 존다

빈 둥지에 가을

여린숨결 날개돋아
날아간 빈 둥지에
하얀 깃털하나
바람에 파르르한 날개짓
너마져 갈래
하늘보며 울먹한
살나눈 모정의 눈망울

야윈가지에 떠는
철든 잎새도
갈바람따라 가려나
먼길채비 옷갈아 입으니
돌아서서 우는 숲
젓내음 빈 둥지
밤이슬내려 차가워라

갈바람 웃음소리에
신음하는 숲은
초록빛 방울방울한
청송가지 새소리 그리워
우수수 우는데
벌써 가을은
빈 둥지에 어이왔나요

골바람에 실려온
산사에 먼 목탁소리
야위어진 산숲을 달래며
나무관세음보살
오, 하늘이여
당신도 가시렵니까
가을비에 젖는 빈 둥지

산중하늘을 보며...

가을 연가

갈바람도 시샘턴
요염빛 꽃잎은
행여 가신님 아니오실까
울먹인 향단장이어라

여름볕 보듬어 빚은
수줍은 좀내
님오실 산모랭이 길섶에
오늘도 뿌리옵니다

그리워 서러운 님아
산깊어 못온다 마오소서
밤이슬 산길에
달빛 저리 밝사오이다

못내 기다리다
바람따라간 붉은 꽃잎은
님향한 일편단심
보듬어 반겨주소서

가을 산길에서...

겨울 연가

싸락눈 저녁하늘에
줄지은 나래짓은
산너머 백리길 하늘천리길
가난한 짚시의 춤사위

긴 겨울밤들려 줄
외로운 타향설움 부리물고
산넘는 끼룩소리는
겨울산하에 하얀 노래

잿빛 외로운 깃털
눈비에 젖어도
눈물그렁 기다리는 님있어
만리하늘노 행복하여라

찬바람 여윈 가지도
눈꽃피우려 바람을 털고나
기러기떼 서산에
하늘가득히 눈나리네

겨울뜰에서...

빈山 나그네

단풍물든 산자락에
풍수가려 터잡고
금강송다듬어 세운 불전에
은은 솔향은 자비더냐

등굽은 산나그네
사바세월 부끄러워
절로 합장하니
과연 천하명당의 절터로고

깨진 돌담기왓장
품어온 전설에
가난한 두손모아 소원비는
가련중생의 텅빈 가슴

청동좌불 하얀 뜰에
산그림자 길고
세심천건너 까까 달마봉은
빈 산지키며 외로워라

산사의 목탁소리 멀고
야윈 여울소리도 힘겨워라
홀로 외로운 발길
산중주막으로 기어드네

인생 풍월

이 풍진 세상길에
칠십여 성상을
이 모양 저 모양 요래조래
웃고 울며 살았지만
오늘 내 꼴새는
겨우겨우 요만하구만

멋부려 한번 못살고
맨날 그 타령이니
전생의 업보더냐
생긴 꼴값이 그저그래서냐
원체 모자르고
복줄가지 없어서더냐

퀴퀴하게 늙어버린
못난 멍텅구리 반타작인생
뾰죽수 있을까
그래 툭하면 분삭히려
설악산 대청봉을
마실가듯 댕긴다네

허나 내일이라도
주변일만 잘 정리되면

우아하게 미국가서
주서방 좋아하는 참이슬을
실토록 살꺼구먼
손꼽아 기다리시게

그리고 대추빛 캐디락
나보란 듯 구입해서
재롱 손녀도 안아주고
늙은 마누라와
팔도강산도 돌아 보겠건만
아직은 생각뿐이구먼

요까짓 백년인생
비껴 산다해도
지까짓 놈 도토리키재기에
부처님 손바닥이지
안보면 말지 뭐
임자 너무 기대말어

내일은 날밝는대로
설악이나 다녀 올라네
내원암에 은은 독경들으며
갈바람 산숲속에
세상 욕심 내려놓으면
산중하늘 높고 맑겠지

문틈스며든 가을보며...

어떤 동행

달빛창가에 서서
붉은 입술로
쉼없이 노래하는 여인을
가라 말못하고
차일피일타
오늘도 외로울까
늙은 게 속없이
낮밤을 품고 지나네

긴 밤지샌 교태가
잠못들게 하니
기왕에 맺은 인연
풍우성상 힘든 세월길을
네 노래들으며
노을진 들녘을 가련다
오늘은 뭔 노래로
늙은이 즐겁게 할래

귀울림병(耳鳴)과의 동거...

산중회심山中廻心

청산유수 신록설악
하얀 침묵담골
천봉만산 흘러든 천불동에
내왔노라 보고 가노라

태고태초 세월품은
전설찾아 왔더니
산중하늘에 구름만 흐르고
저 청산은 말없어라

옥류담골을 울리는
청아한 산새소리
벽계수는 여울에 넉넉하고
솔내음 청풍은 맑으니

만고강산 산천경개
青山不墨千秋屛에
流水無絃萬古琴이니
입열어 무엇을 말하리이까

물가에 팔벼게누워
곰곰히 돌아보니
칠순 유수세월이 못났고나

내 무엇을 하였던고

금쪽같은 젊은 날을
물쓰 듯 허비하고
부모님께 불효한 철딱서니
때늦어 이를 어이할꼬

어디 이뿐이랴
上善如水가 세상 지혜인줄
그땐 왜 몰랐을까
쭉쟁이 모자른 인생아

적벽마애불 내려보네
요리조리 숨은 들
부처님 손바닥
감히 사바중생이 죄감추리

칠순나이 들어도
허구한날 속없는 술타령에
두손엔 가난뿐
늙은 속물이로소이다

박학비천 가련중생
헛살아온 죄가
하늘과 땅만큼이나 큽니다
부디 자비를 베푸소서

문수보살 들었을까
눈어둡고 귀짧은 늙은이가
기웃뚱 산길이
오늘따라 가벼웁고나

천불동에서...

靑山不墨千秋屛(청산불묵천추병) : 푸르른 산 붓하나 대지 않았어도 천
                                년 넘는 그림이고
流水無絃萬古琴(유수무현만고금) : 흐르는 물 줄하나 매지 않았어도 만
                                년 넘는 거문고라
                                    立春帖의 七言絶句 漢詩

하여가何如歌·3

산정에 걸린 흰구름
바람에 한가롭고
토담 양지뜰엔
가을빛 국향이 노오랗네
햇곡들녘 바라만 봐도
벌써 배부르고나

산너머 세상사
이러 저런들 내어이할까
늙어 시든 몸
머리맡에 책펴고
학이시습이니
과연 불역열호로다

산자락 누추삼칸
뉘찾아와 문두드릴까
달빛이 마당가득한 날에
멍석에 술상차려
월하독작이니
늙어 이만하면 족하다

공수래공수거 인생
아웅다웅 내싫소
오늘접고 내일모르는 채
산들에 바람처럼
그냥 저냥
세월보며 살렵니다

설악산자락에서...

부부일기

마주보고 울고웃던
꾸불텅 세월길
썰물진 갯뻘에 물골처럼
줄기 줄기 주름져
어언 닮아버린 부부

웃고 울며 살아온
못난 가난세월
좀먹갈아 그리려 붓드니
모자른 인생
빙그레 쓸쓸하데요

그래도 어찌하랴
사십여 성상의 인연이
어찌 우연일까
뒷태보고 임자 맘아는데
천생연분이 아니겠나

못다그린 빈 종이에
통통 손녀가 그린
웃고있는 할머니 할아비
이만하면 됐지
더 잘생겨 무엇할까

백점인생은 없을 거구먼

세월양반 천천히 갑시다

난 말이야 오늘이
수요일이려니 했지
어라 신문을 보니 금요일인데
一週가 금새 후딱이야

하긴 신년새해본다고
엊그제 바닷가를 간것 같은데
벌써 시월아닌가
세월이 화살같다더니 맞아

철없던 열여섯살 때가
엊그제같이 눈에 선한데 말야
팽팽하게 웃던 얼굴
이젠 쭈굴하니 추하구먼

학창시절 古文선생이
소년이노학난성어쩌구 하기에
한귀로 들었더니
벌써 일흔에다가 둘이라

몸도 맘도 예전같잖고
작년하고 올해가 또 다릅디다
눈과 귀는 어둡지

매사가 겁나고 자신없지

여봐요 세월양반
풍진세상 힘들게 살아온 놈을
영장도 없이 끌고가니
원, 답답 속터지오

주막에서 한잔살테니
목이라도 축이며
어디 이유나 한번 들어봅시다
대체 날 어데로 끌고가요

그도저도 아니라면
먼길에 말벗이나 하며 가든가
물가에서 쉬든지
늙은게 짠하지도 않소

여봐요 세월양반
늙은 이가 목아프게 청하며는
그리할까요 할일인데
젊은 이가 참 딱하구먼

다시한번 묻겠는데
늙어 힘없어도 쓸데가 있데요
거긴 젊은이가 없답니까
원 답답도 하여라

이건 뭐시 쇠귀에 경읽기구먼

노인장 말씀드리리다
하루를 백년같이 쓸일이 건만
하루같이 썼으니
하늘에 죄가 큽니다

그래서 하늘법정이 고지한
소환일에 맞추려고
쉬지않고 바쁘게 가는 겁니다
얼추왔으니 어서갑시다

하늘도 야속하구먼
줄때는 언제고 뺏기는 왜뺏나
꾸부정한 늙은이
세월길 말없이 가고나

한많은 세상 야속한 님아...

바람들녘에 봄은 오는데...

종이 비행기

하얀 햇살에
구름한점 화사한 오월하늘
면사포 새색시는
새벽별처럼 사라졌다

소리마져 빈 하늘에
대신 종이비행기를 날린다
맴돌다 떨어지니
아, 울먹한 내 사랑아

제1장: 그날 그녀는

"정문 면회실입니다"
아, 貞이로구나
군화끈매는 손이 떨고있다
무슨 말부터 해야하지

벽거울속에 김소위
검게 탄 웃음
생머릿결 숙녀가 되었겠지
발걸음을 서두른다

세아가씨 반기는데
본듯 낯이익다
사진속 단짝 친구들이구나
아직도 애띤 숙녀일쎄

그녀들이 날살피며
"이를 어쩌니…"
정이가 말한대로 똑닮았다
내 눈길을 서로피한다

두리번 정이를 찾으나
여기 저기도 없다
마침 한 친구가
멋적게 자기들을 소개한다

메마른 첫마디다
"조금만 일찍 편실보냈어도"
…네?
차마 말을 못잇는데

"…내일 일요일에요
정이가 결혼해요"
그간의 사연들도 전해준다
그냥 멍멍하게 듣는다

어색해진 그녀들

이내 일어서며
페인트가 벗겨진 탁자위에
외로운 편지를 놓는다

초라해진 웃음으로
그들을 보내고
막사로 돌아오던 길에
아카시아향 짙어 서러워라

그리워 눈물진 사연
어젯밤에 썼을까
얼룩진 사랑을 꼭껴안으며
낯선 이별들을 깨문다

사랑했기에 행복했고
아름다운 추억들이 었다고
소설처럼 썼다
난 읽고 또 읽었지요

이별이란 이런건가
속없이 하늘만큼 보고싶다
멋적게 웃는다
노을빛이 저리 고운데

골목담벼락에 바보처럼
웃어야 하는

씩씩한 육군장교의 눈으로
지난 날을 더듬는다

강아지풀꽃같이
보슬 귀여운 소녀야
이제 어떻하지.
"안녕"이란 말만으로
알알이 탐스러운 포도송이
우리 연가를
어떻게 지울 수 있을까

적적산중 길섶에
길잃어 외로운 들꽃향내음
어느 뉘찾아와
님이라 안아주리까
이별극이었다면
우리 연가를
뉘뿌려 싹틔우리까

제2장: 청춘일기

장난끼어린 우체부
자전거에서
부끄러운 貞일 내려놓으며
"학생도령, 꽃배달이요"

세라복의 수줍은 볼과
두근 풋풋 가슴은
갈볕살아래 알알이 여무는
청포도를 닮아가네

마침내 그립고 보고파
병깊던 긴긴 가을밤
별빛이 너무나 초롱하다고
사랑을 고백했네

그대 귀잠든 아침
창문에 아침햇살처럼 앉아
사랑의 노래로
입맞춰 님을 깨우리라

다음 또 다음날지나
편지속에 실려온 그녀입술
남볼까 뒷산오르던
아, 숨가쁜 사랑이여

발그레 다문 입술
눈감고 보니
단내나는 그녀의 숨소리만
숨막힐 듯 다가오네

빠알간 입술연지는

후박향 꽃내
초록숲새로 비껴든 하늘도
저리 푸르게 시샘하네

시골띠기 대학생
서울 유학생이
뭔 말라빠진 사랑타령이냐
공부는 언제할려는가

그러나 어찌하오리까
숲속에 산새들도 짝찾듯이
가슴부푼 청춘에
천둥보다 큰 심장소리를

지새워 쓴 밤의 편지
담쟁이처럼 자란 그리움은
한걸음에 달려가
보고픈 병이 되었네

고개넘어 길멀어도
님찾아 가리라
애터지게 그리워 보고싶은
우리 껴안고 마주보자

통통 보들한 손잡고
머릿결 고운향내도 맡으며

작은 입술에
도톰한 사랑도 보리라

갈볕하루가 긴데
겨울방학은 저만치 멀고나
보고픈 貞아
그래도 우리 기다리자

제3장: 프랫홈에 눈은 내리는데

눈내리는 어느 겨울밤
차창에 부서지는 함박눈송이
서울행 야간열차
설국산야의 白夜를 간다

가슴떨리는 첫만남
흑백영화의 멋진 주인공처럼
낯선 역 긴 프랫홈에
눈밟고 내려서니

겨울밤의 축복인가
하늘어둠을 걷어낸 은빛세계
두근 설레이며
인파속으로 들어간다

기적소리 조급한데
그녀가 안보인다
이때 기관차앞을 돌아나오는
초록 스카프의 편지소녀

프랫홈이 너무 길다
숨가쁜 시간들
이내 기적소리앞에 마주선다
"어마, 서울오빠 미안해요"

저 수줍음과 귀여움
어찌해야 하나
영화처럼 멋진대사가 없을까
나 지금 떨고있나

겨우 찾아낸 목소리
"사진처럼 예쁘다"
석삼년연습한 어설픈 첫마듸
"이젠 어엿한 대학생이네"

하얀 프랫홈에 그녀
강아지풀같이 보드러울 두볼
입술도 훔쳐본다
오늘 여기서 그냥내릴까

눈바람에 흔들리니

찰랑한 머릿결에 아까시아향
쿵닥 가슴들킬까
출발기적 기차에 오른다

갈길 먼 밤기차는
눈내리는 텅빈역에 사랑두고
어둠속을 간다
하얀 손짓이 서러워라

"우리 사랑하는거 맞지"
숫끼없어 말못하고
이제사 편지쓰듯이 독백이다
순진하기가 세살박이네

그러나 누가 놀려도
날 사랑한다는
수줍던 편지속의 소녀였으나
이제 그녀는 숙녀네요

남볼까 안아주지도
손도 못잡았지만
눈내리는 프랫홈의 첫만남은
설레며 떨던 사랑이었죠

제4장: 겨울안개 강가에

(1)

그해 正月의 A 역
조개탄 난로도 떠는 역사에
기차도 떠나니
겨울이 얼고 있었다

새벽 4시 하늘아래
그녀의 숨소리가 들려온다
잠들어 있을까
아직 어둠은 깊은데

역다방 뜨거운 커피로
몸녹인 서울학생
어르신께는 정종술이 좋고
등등 인사꺼리를 챙긴다

안개자욱한 마을
산자락 다소곳 초가지붕들
洞口드니 개짓는 소리
옷매무새를 고친다

집찾아 울안살피니

"밖에 뉘신지요"
"서울에서 온 김학생입니다"
에구머니 문열어 반긴다

다큰 애기를 둔 에미가
허구한날 편지질한 학생을
어찌 모를까
빙그레 맘이 놓인다

正初새벽 댓바람에
뜬금없이 들이닥친 대학생
불청귀객일터
들라며 이내 바쁘시다

어르신께 큰절올리니
먼길에 수고했다 손잡는다
아침상 반주권하며
요모저모 챙겨 묻더니만

됨됨이를 보셨던가
언년이 불러내 건너가란다
화통도 하시다
마루걸린 액자가 웃는다

오매불망 정이의 방
그립다며 편지쓰던 책상은

창문가로 있었고
긴 벽거울은 여기였네

어찌 연락없이 왔나며
눈흘켜 금새 다정연인된다
겹겹 그리움들
슬쩍 손도 잡혀준다

역에서의 그날이후
어쩔까 두려움에 울었단다
큰 애기다워라
어찌 이리도 예쁠까

(2)

안개흐르는 겨울강
강뚝눈위에 둘의 발자국은
사랑의 음계던가
겹치듯 가깝고 떨어지고…

바람 강가에 선다
그대가 편지속에 貞인가요
언볼을 감싸니
함박눈이 또 내리네

뜨거운 숨결로 하나된
지고지순한 순결한 입술들
먼 교회당에서
종소리가 들려온다

차곡히 보낸 사랑을
꺼내어 펼친다
오바속으로 파고드는 그녀
숨가쁜 강가의 두연인

행복이 또 있을까
보고있어도 보고싶은 그녀
도톰 달콤한 입술
아, 시간이여 가지마오

밤열시, 서울행열차
여기를 오늘내려 왔었던가
아니 어제였나
내가 뭔일을 한거지

그녀는 눈감았던가
오늘 추웠던가
강가에 봄이오면 다시오리
내 사랑 정아…

"You will always be my endless love"

제5장: 사랑은 후회하지 않는 것

"10분간 휴식…"
구리빛 땀 얼룩진 몸
나무등걸에 던지듯 기대며
사월의 하늘을 본다

따듯해진 봄하늘에
둥실흐르는 흰구름 다듬어
그녀를 그리다
애잔하게 잠든 김소위

계속되는 훈련으로
지쳐 쓰러져도
장교는 자존심으로 사는데
깜박 졸음에 겨웠고나

겨울안개 강가에
하늘가득 내리던 눈꽃송이
예쁜 눈으로
"서울오빠 사랑해요"

얼음짱 두터운 강
던진돌마다 까르르 웃는다
강위를 건너오는 그녀
"안돼, 깨진다고…"

그래 맞다 아직도 날
기다릴지 몰라
조선여인의 정절 일편단심
그래 다시 시작해보자

서둘러 편지를 쓴다
진솔한 고백으로 다가서면
용서해 줄거야
등줄기에 흐르는 땀

대학 세미나를 핑계로
자주만난 여대생이 있었죠
마주보며 웃고
영화도 같이보고

감기로 아프던 날
자취집까지 찾아온 그녀는
결국 정이를 밀어내며
날 유혹했습니다

꿈에서 깨어났을 땐
강건너갈 배를 잃었습니다
못난 놈이라고
초라한 용서를 구했죠

절절한 마음보내고

대문을 보며
두근두근 서성거리던 어제
친구들이 대신 왔습니다

면회온 친구들은
그녀의 결혼소식을 전하며
무정한 날향해
바보라 비웃었을꺼야

아, 정아야

오월의 하늘끝자락
은빛날개를 쫓다가 놓치고
그 겨울강가에서
난 혼자 돌아왔습니다

강아지풀 꽃같은 정아
영원히 사랑하리라 말했던
나의 거짓고백
결코 용서하지 마오

호루라기가 요란하다
"중대 전장교 완전군장으로
5분내 연병장 집합"
군인은 울지 않습니다

사랑은 아름다웁고
후회하지 않는 것이라지요
노래를 들어봐요
그리고 우리 사랑잊어요

얼룩진 눈물편지로
종이비행기를 접어 날리니
오월하늘을 날다
아카시아꽃 울로 숨는다

안~녕 貞아…
결혼은 사랑이 아니라네요.

　　　설악 산자락 누추모옥에서...

후기: "종이 비행기"를 마치면서…

이제… 제 5장 막이 내리니 왠지 모를 허전함이 밀려듭니다.
그녀를 보내고 마지막 승객도 기차도 떠나버린 시골역을 혼자 나오
는 쓸쓸한 나의 뒷모습이 보입니다.
오늘 밤엔 분위기있는 카페에서 생맥주 한잔해야 겠습니다.

이유같지 않은 이유

동네에선 우리집을
꽃집이라 할만큼
초봄부터 겨울까지 울안은
온통 꽃밭이 었답니다

아버지가 심은 꽃은
예쁜 여섯딸에
탱자울에 오르는 나팔꽃과
계절따라 핀꽃들이죠

그러던 어느 날인가
넷째 여동생을 본 날
옛날얘기 잘하던 아줌마가
놀라운 말을 하시데요

엄마가 또딸이를 난것은
집에 꽃이 많기때문이라고
그때부터 난
정말 꽃을 싫어 했죠

그렇다고 감히
아버지가 애지중지한 꽃을
뽑아버릴 수 있나요
툭툭차며 미워만 했죠

유난스레 꽃을 예뻐한
앞집의 새댁도 싫어해서요
대문을 잠궈놓고
마실도 못오게 했죠

철부지 아들놈의
엉뚱한 생각을
엄마는 기특하다고 했을까
그 뒤 남동생을 봤죠

이젠 아버지처럼

저도 꽃들을 사랑한답니다
분갈이하다가
그때가 생각나 웃네요

나도 진작에
꽃을 좋아했다면
귀여운 딸들을 두었을텐데
이젠 정말 늦었네요

아버지 죄송합니다
용서하시는 거죠
꽃이 예쁜 것을
이제사 아들이 알았답니다

이제 가을이 되려나...

그 해의 여름은

짱구네도 피난가고
땡볕 하얀마당이
텅빈 채 무섭다
허기져 들어온 일곱살배기
엄마찾다가 울먹인다

살구낭구밑 짚단에
노란놈 냉큼주워
시큼달게 아삭거리며 먹는
꼬맹이 입술이
포탄소리에 파래진다

뒤란 그늘턱 멍석에
설잠깨어 칭얼대는 여동생
살구로 달래며
엄마는 어데갔을까
대문쪽 발소리를 본다

시어터진 열무김치
우물물에 보리밥말아 먹던
깔깔한 목메임에
여동생의 야윈 목
그래서 여치가 울었나

대포소리 따라오던
엄마손 피난길에 꼬맹이는
밀댓집 여치가 불쌍해
자꾸 돌아본다
그 유월이 또 왔다

아, 핏빛 유월이여...

눈은 내리는데

함박꽃 눈송이가
가로등아래 연인의 어깨에
눈꽃피우던 밤
그녀의 발소리는 벌써
뽀드득 망서리며
이별을 말해주었죠

연초록빛 스카프가
찰랑한 머릿결에 어울리고
미소가 귀엽던 그녀는
글썽한 눈으로 인사하고
눈오는 거리로
총총히 사라졌습니다

그렇게 그녀는 떠나고
병실복도에 걸린 벽거울은
병겨운 김소위의
못난 눈물을 보네요
인연이 아닐까
몸보다 맘이 아팠습니다

눈내리던 전방부대
먼길에 꽁꽁통통한 두볼이

바알갛게 녹던
시골다방 난로가도
크로칼키 내음의
수술실처럼 차가워지고

육군병원 긴 복도엔
"언덕위에 하얀집"이
애잔하게 흐릅니다
"빅키"도 내 슬픔을 아는가
스쳐간 사랑에
정말 난 쓸쓸했지요

퇴원전 봄볕든 날
파독간호원의 낯선 일상과
외롭다며 울먹한
그녀의 편지에
병원뜰 개나리꽃을 그려
답장으로 보냈습니다

설악에 눈내리네...

하늘은 알고 있다

지축이 흔들리며
쩍 갈라지고
검붉은 불덩이를 토하는
섬의 나라 일본열도
바다가 미쳤다
악몽에 시달리는 섬땅

도처비명을 삼킨
곤추선 바다는
문명을 짓밟고 달려오고
비웃 듯이
생명을 쓸어간다
오, 쿼바디스 도미네

뿌린대로 거둔다는
하늘 가르침
콩심은 데 콩난다는
만고불변의 진리를 알고
용서를 구하라
일본은 가라앉는다

천지신명 하늘이여
열락에 빠져

하늘모르는 죄업 일본을
당신이 곧 사랑이오니
부디 용서하고
진노를 거두소서

청천 하루아침에
모든 것잃고
망연자실 울부짖는
저들의 눈물을 닦아주고
억지스런 죄업을
깨우쳐 살게하소서

후크시마 원전사고를 보며

바다풍월

여름바다

염천지제 성하칠월
창해만리 허허바다
만경창파 동해바다

가물가물 물끝자락
뭉게구름 뭉실뭉실
갈매기떼 너울너울

땡볕햇살 이글이글
백사모래 자글자글
조개껍질 반짝반짝

파도소리 철석철석
벌거숭이 풍덩첨벙
선남선녀 하하호호

팔도강산 경향각지
풍진세상 답답일상
훌훌벗고 내왔노라

여름바다 푸른바람
물다락에 멍게해삼
어디한번 맛좀보자

아침바다

동글하니 쬐만한 게
토실 오동통하고
발그레하니 예쁘기도 하네
고놈 참 잘생겼다

어제밤을 내토록
일렁출렁 보채더니
조놈 옥동자 진통이었구나
아, 생명의 아침바다

동해물에 뽀득 씻겨
폭신하게 높히고
새하얀 솜이불로 덮어주니
벌써 예쁜짓 옹아리네

그나저나 조런 꼬맹이는
순풍순풍 쑥쑥낳을 일이지
밤새 고생했더냐
넓적 궁둥짝이 아깝다

일렁이며 어루어라
방글방실 웃어라
갈매기 너울날며 노래하고
파도여 넘실남실 춤춰라

해맞이공원에서...

204

새섬鳥島

오릿길 앞바다에
동실 서성이는
길손의 창娼이더냐
풍랑뱃길 돌아오는 낭군
길마중 새댁이더냐

밤하늘 은하수에
하얀 쪽배일까 연꽃일까
우물가에 물긷는
새댁 물동이에
동동 띄운 조롱박일까

갈매기 돌물어와
동그랗게 지은
바닷새들의 둥지같고
너울파도가 흔들어 주는
요람같기도 하지만

하얀바위 새섬엔
바람이 씨뿌려 싹틔우고
파도가 물멕여 키운
해송도 자라고
알품은 새도 산답니다

속초 앞바다에서...

가을바다 길손

모래바람 해변에
입벌린 하얀 침묵
어미의 젓가슴을 더듬을
옹아리 입술에
모래로 채운 외로움

가여운 꿈길에
산호초 꽃동네를 갔을까
까만 숨결을
토닥이며 잠재우는
갈매기의 끼룩소리

갈바람이는 바다에
일렁이는 달빛
하얗케 질린 울음소리를
집어 삼킨
밤바다에 파도소리

하얗게 빈 가슴을
모래로 채우고
엄마찾는 꼬맹이 조개의
메마른 절규가
길손의 발길을 잡네

속초해변에서...

소녀의 작은 사랑

너울바다 건너온
숨찬 파도가
사르르 파고들어 잠드는
달빛하얀 은모래밭

밤바다 연인들은
솔밭 어둠속에 숨어들어
사랑하려 해도
달빛따라와 얄미워라

지난해 머물다간
서울학생 온다는 기별에
민박집 소녀의
작은 가슴이 수줍고나

오릿길 바다위에
새섬만큼 봉긋해진 소녀
부픈 그리움이
사랑인 것을 알았을까

찰랑 까만머리에
노란 리봉달고
나팔꽃 담장에 숨었더니
달빛아래 그가 서있네

나랑 데이트할까
수줍은 손끝에
학생의 숨소리 묻어온다
두근두근 이게 뭘까

들킬까 조마한 가슴
사랑은 이렇게 오는걸까
님이라 못부르니
보픈 입술만 가여워라

천둥치는 밤에도

무섭지 않던 소녀는
철석 파도소리에
밤새 뒤척이던 콩닥가슴

다음날 서울학생은
새벽바다에 소녀를 두고
쓸쓸히 떠났다
눈물그렁한 슬픈소녀

일렁출렁 바다에
갈바람일던 날
학생의 산사일기를 본다
까까머리 낯선 미소

모래밭에 울고있는
소녀의 첫사랑은
이렇게 작아 슬펐다
갈매기도 끼룩울며 난다

속초 여름해변에서...

영금정의 달밤

갓시집온 앞집새댁
풍랑뱃길 낭군
무사귀항 비는 망부석일까
동명항 돌바위가
파도에 처연하여라

그나저나 요상쿠나
물위에 오락가락하는
흰것은 뭔고
아낙네의 속곳이 아니더냐
애구, 남사스러워라

물바위 생김새보니
투실한 궁둥짝에
거무스레 찢어진건 샅일터
고얀지고로다
애고, 새신랑 어쩔꼬

금슬부부 사랑도
행여 남볼까 조심인데
대낮같이 훤한 달빛아래서
콧소리 요염떨며
시시덕대니 어인일일까

네가 천상작부렸다
뱃길 몇날됐다고
이 달빛밤에 서방질이더냐
화냥년이 따로없다
동네아낙들 성화일쎄

새섬에 갈매기들도
운우지정 소리에
이놈깨고 저놈도 끼룩댄다
달도 구름비집고
물바위틈 정사엿보고나

이때 저편 영금정에
선비들에 질펀한 웃음소리

백악지장 거문고를
왕산악이 타더냐
아님 옥보고가 뜯더냐

바위틈 파도들나니
가락장단이 절로 흥이로세
시조읊는 소리가
달빛 정자에
넘실남실 흥겨웁고나

世事 琴三尺이요
生涯 酒一盃로다
달빛이 밝으니
낙향선비 취한들 뉘말릴까
자, 한잔 받으시요

                    달빛밤 영금정에서...

世事 琴三尺이요 : 세상일은 석자의 거문고에 실어 보내고
生涯 酒一盃로다 : 삶이란 한잔의 술을 마시는것~~~~

그해 여름이후

여름하늘 갈매기의
하얀 날개짓따라
어제잡혀온 무기수 줄돔은
선창이 북적대는 틈을 타
자유의 바다로
기어히 탈출했다

자학의 몸부림에
찟껴진 꼬리
이제 푸른창파 너울물살을
어떻케 노저을까
나를 보던
까만 원망의 눈동자

끼룩 갈매기소리에
울컥 눈물쏟고
살기띤 발소리에
줄무늬 비늘 떨어지던
줄돔의 여름은
누런 미역줄기마냥 길었다

바다로 가고싶다던
망향의 까만 눈

선창가 취객의 웃음소리에
붉은 살내음두고
달아난 녀석은
백도白島 줄돔이었지

비릿한 선창가에
밤이 열리면
수조속 줄돔의 하얀비명이
날묶어 가둔다
그 여름이후로 난
선창가를 못간답니다

　　　　　　바닷가 횟집에서...

모정의 바다

무수한 깃발세우고
하얗케 달려든다
천군만마 발굽소리와 함성
방파제 부수며
해변을 발칵뒤집는다

오르르 구석에 몰린
어제의 만선배
산더미 파도 아수라장이다
울긋불긋 깃발도
파르르 찢기는 비명소리

오리바닷길 새섬은
적진을 내달으며
거품물고 달려드는 너울을
하얗케 벤다
바닷비린내가 흥건하다

이튼 날 햇볕드니
잔잔한 바다에
갈매기떼의 화려한 자맥질
아, 모정의 바다
끼룩끼룩 젓먹는 소리

여름바다에서...

가을바다

불빛배 가물가물
총총 별밤에
은빛 달쪼각내려와
텅빈 백사장을 덮어준다
아우성도 떠나고
갈매기도 잠든 바다

머언 물끝자락에
어기엇차 어부의 불빛배
하나 두울… 마흔셋
오릿길 새섬에
바다건너온 파도
철석 가을을 부린다

찬 캔맥주를 따니
까르르 웃는
방울방울 영롱한 밀어들
땡볕 여름바다
연인들의 노래가
소라귀처럼 들린다

모두가 떠난다 해도
우리는 예서 살자

어즈버 세월속에 날닮은
반달의 미소가
목젓에 맥주향이 된다
나는 외롭지 않다

늙은 소원빌라며
별똥별 하나
밤바다 하늘가에 흐른다
달빛이 간지르 듯
자글거리며 웃는 모래
아, 가을인가 보다

가을달빛 바닷가에서...

글을 마치고

　책의 모양새를 위해서라도 부끄럽지만 후기 몇 자 올립니다.
첩첩산중 백담벽수 넉넉한 청계골에 앉아 숨 돌리다, 가파른
비알산길 허위단숨 올라 대청봉에 서면 운해바다에 뜬 섬島봉
들은 장엄·수려하게 펼쳐진 선경에 취해 춤추는 하늘선녀의
소맷자락이 듯, 하얗게 흐르는 실구름을 희롱하며 산나그네
를 반기지요.
　웅장하고 경이로운 대자연 앞에 서면 누구나 철인이요 시인
이 된다는데, 입 벌려 감탄만하는 벙어리 필자는, "예가 몽유도
원이더냐 별천지더냐, 듣던 대로 가히 하늘 아래 선경이로다"
하며 말을 잊지요.
　오늘도 세상근심을 뒤로 하고 천불골 깊숙이 들어, 청간벽
계 청솔바람 마주하고 맑은 여울소리 권주가 삼으며 술잔 기울
이다 한결 청정한 마음으로 내려 왔습니다.
　청빈낙도 퇴물선비로는 제법 괜찮은 일상일 터, 이 밖에 또
다른 즐거움이 있으니 허허망망 널푸른 동해바다를 보노라면
아옹다옹 천방지축 살아온 산너머 세상이 하찮아 진답니다.
　40여 년 가까이 삶의 터로 일하던 회색빛 도회지를 산 너머
에 두고, 설악산자락 아침 해 솟는 바닷가 마을 삼수일산三水
一山 배산임수의 명당터 속초束草에 둥지 틀고 녹초청강상에

구레벗은 말馬처럼 느림과 여유를 즐기며, 심심파적으로 산과 바다가 말해주는 가사체의 노래도 쓰고 산중일기도 쓰며 지냈지요.

이렇게 지내던 중, 풍우성상의 칠순세월을 살아온 경험과 짜잘한 지혜도 질그릇 같은 삶속에 나름 담겨있으리라 생각하며 '인생칠십고래희人生七十古來稀'에 종심從心의 마음으로 그간의 부족한 글을 엮어 시집을 내기에 이르렀습니다. 시詩를 읽지도 못하는 늙은이가 감히 책을 내다니 싫어 차마 부끄럽습니다.

저는 등단시인도 수필가도 아닌 시에 '시' 자도 모르는 문외한입니다. 등단하라는 몇몇 문학회의 권유도 있었지만, 시인될 자격도 인격도 모자라다 피하면서도 한편으로는 금쪽같은 젊은 날을 허송세월로 보낸 것이 백번 후회가 되데요.

폐 일언하고 자칫 시인詩人인 양 시를 썼더니 시詩가 아닌 시時가 되기도 하고 설악산을 주마간산으로 본 방랑기 글이 되었지만, 하여간 글 쓰게 된 동기는 이렇습니다. 설악을 찾는 산객들이 한 번쯤은 꼭 다녀가는 필수코스로 내설악의 백담사에서 수렴동과 구곡담 계곡을 거쳐 봉정암과 소청. 대청을 올랐다가 천불동으로 내려온 단풍고운 어느 가을날에 여러분도 잘 아시는 정철 송강松江의 「수렴동 별곡」이 생각났고 나도 한번

써보자며 '수렴동 별곡'이라 제목을 달아 「음정」카페에 올렸지요. 어수선하고 답답하고 부끄러웠으나 여러 회원들의 격려 댓글에 용기를 내어 詩답잖은 글을 올리는 재미에 빠지면서 시에 맞는 그림과 음악으로 멋을 부리기도 했지요.

주제넘은 해석입니다. 시詩의 뜻을 나름 분석해보면, 말씀 언큼 변에 절 사寺 자의 합성글자로서, 절寺에서 스님이 쓰는 말言이 곧 시詩란 뜻? 속세인연을 버리고 깊은 산중에서 수행. 생활하는 스님들에게는 침소봉대나 미사여구의 장황한 말보다는 절제가 기본덕목일 터. 선사들의 법어法語만 보더라도 얼마나 많은 말이 함축되어 있던가요. 나아가 묵언수행도 있고요. '산은 산이요, 물은 물이다'라는 성철스님의 법어처럼 산을 물로 보는 것은 비약이고 궤변일 것입니다. 하여튼 내 멋과 운율과 낱말들로 감히 만용을 부렸습니다.

여기 올린 글들은 그간 계절 따라 칠십여 차례 설악산을 넘으면서 보고 느꼈던 정경들과 발치 끝에 둔 바다를 보면서 살아온 세월을 관조도 해본 글로, 손끝에 달린 얕은 어휘력으로 혹, 당구풍월이 되지 않았나 부끄럽습니다. 또한 메일이나 카페에는 배경그림과 음악을 넣어 좋았는데 이렇게 책으로는 어째 멍멍하고 허전하네요. 역시 글이 부족해서인가 봅니다.

그리고 책의 구성과 형식을 갖추고자 시인詩人친구에게 시
평詩評을 받으려 했으나 작고 부끄러운 글에 사치이며 짐이라
생각되어, 그간 가입 활동했던 몇몇 카페와 산악회 회원들의
격려댓글을 시평으로 갈음해서 오직 필자의 글로 시집을 채웠
습니다.

끝으로 저의 글들을 다듬고 엮어서 『수렴동 별곡』이란 시집
으로 태어나게 해주신 청어출판사의 이영철 대표님과 여러 직
원들께 감사의 말씀을 드리며, 그간 격려와 조언을 고맙게 해
준, 시인 이수천 동지와 백선기 박사 그리고, 보낸 메일을 늘
재미있게 읽어준 여러 친지와 미국의 가족에게도 고마움을 전
합니다.

동화童話 속에 이야기처럼, 늙은 부부 소원빌라며 별똥별하
나 마당을 가로질러 하늘 끝으로 꼬리를 그리며 흐르네요. 아,
벌써 가을인가 봅니다. 아무쪼록 모두 건강하시고, 하시는 일
마다 형통과 행운이 있으시기를 축원합니다.

2015 가을밤, 누추삼칸 뜰에서